JN101525

小田嶋隆のコラムの切り口

小田嶋隆

まえがき

この二十年ほどの間に執筆した原稿は、書きかけのものから中途で投げ出した断片も含めて、すべて、クラウド（↑雲）上に保管している。クラウドとは、インターネット回線に仮設されている記憶領域のこと。私は、いくつかの企業が運営するクラウドサービスと契約している。まるで雲をつかむような話なのだが、じっさい、データの保管場所として最も信頼できるのは、架空の領域なのである。

本書は、その雲の上に積み上げられたあれやこれやの半端仕事を再構成したものだ……という言い方は良くない。誤解を招く。ご近所の奥様方が不用品を持ち寄って開催するバザーのようでもあれば、ゆうべのハンバーグをもう一回煮込んで弁当のおかずに仕立て上げた間に合わせのミートボールみたいでもある。どっちにしてもケチくさい。

違う。本書はそういういいかげんなものではない。ミシマ社の優秀なスタッフが、オダジマの二十年間の全仕事の中から最上級のテキストを厳選して、丁寧にホコリを払った上で、テーマ別に陳列展示したリミックス版のコラム集が、すなわちいまあなたが手にとっているこの本なのである。

章ごとのテーマは、二〇一二年にミシマ社から刊行した拙著『小田嶋隆のコラム道』の中で、私が「コラムの書き方」として提示したメソッドをほとんどそのまま持ってきている。ということはつまり、本書は、「小田嶋隆のコラム道・実践編」ないしは「書き方から学ぶコラム執筆のABC」とも言うべき実例集としての機能を備えたサブ・テキストでもある。

もちろん、通常のコラム集として読むことも可能だ。

いずれにせよ、執筆者の意図や技巧を軸に、書く側の視点からコラムの種明かしをした書籍は、これまでに本邦では出版されていなかったものだと自負している。

一読すればわかることだが、本書に集成されたコラムは、章ごとに手触りも読後感もまるで違っている。バラけていると申し上げても良い。とはいえ、本書の作風が醸（かも）している統一感の欠如は、そのままコラムという形式の懐（ふところ）の深さの証明でもある。

各章の冒頭に、簡単な解説を付してある。

また、各コラムの初出の出典と執筆時期は、それぞれページの末尾に付記している。

読者の皆さんが、本書をご自身のコラム執筆のテキストとして利用してくれるのであれば、著者としてこれ以上の喜びはない。あるいは、食後の消化促進に、運動後の疲労回復のために、でなければ受験勉強の合間の逃避先として適宜利用してくださっても良い。三冊ほど重ねれば、枕にもなる。ぜひ、お役に立ててほしい。

目次

188

あとがき

第1章

枠組みの勝利

発注元からテーマを決められているコラムは、がんじがらめのようでいてかえって楽だったりする。というのも、ノーアイディアでいきなり書き始めることができるからだ。「何もないのにどうやって書くんだ？」と思うかもしれないが、勘違いをしてはいけない。書くべきお話がアタマの中にあるから書けるのではない。書いているという作業がアイディアを呼び寄せるのだ。

「無人島に持っていく一枚」という枠で書いたコラム

一枚だけ？　もう少しなんとかならないかなあ？

たとえば、iPod一台分にしてもらえるとずいぶんと心持ちが違うんだけど。

……だめ？　ああそう。なるほど。だよね。だって、当企画のキモは「何が何でも一枚だけ」という、その無慈悲さのうちにあるわけで、「あれもこれも」となったら、セレクトした人間の人生が浮かび上がってこないのであろうからして。

でもね。こっちにも色々あるわけです。義理とか人情とか行きがかりとか腐れ縁とか、そういったはなはだウェットにしてエモーショナルな事情が。山ほど。

たとえば、ディラン師を選びたいのはヤマヤマだけど、でもそうした場合、ジョンの立場はどうなる？　とか、ボウイを聴く前にルー先生を忘れて良いのか？　とか、あるいは、誰を連れて行くにしても、それでサイモン兄やボス・スプリングスティーンに義理が立つのか、とか、そういうことを考えると、選考委員会の脳内会議は紛糾せざるを得ないのだよ、乱闘含み、かつ、ヴァン・モリスン叔父貴の怒鳴り声に叱りつけられっぱなしのミクストアップコンフュージョンの中で。

で、荒れに荒れた当委員会は、別の結論を求めるにいたった。すなわち、無人島には、過去ではなく未来を連れて行くことにしよう、と。つまり、生き方を変えた一枚だとか、オレを作った一枚だとか、そういうアレじゃなくって、より豊かな孤立無援ライフを構築するためのＢＧＭとしての一枚、だ。

結論を述べる。オダジマは、Radioheadの「OK Computer」をポケットに入れる。

実際、ここ数年一番聴く機会の多い一枚だったわけだからね。ロック・ミュージックのリスナーとして引退していた私を、もう一度音楽の世界に呼び戻してくれた作品でもあるし。ついでに申せば、私の現在の暮らしぶりは、無人島ライフとそう遠いモノではないわけで、その半隠遁（いんとん）な偏屈人生を貫徹している現在のオダジマの耳に心地良く響いている音楽は、絶海の孤島で水平線を眺めながら生涯を終える老人にとっても、同じように心地良い音楽であるだろうから。

とはいえ、たとえば一日中「No Surprises」が鳴っているのであれば、あるいは、鳥も通わぬ無人島に、気まぐれなアホウドリが集う奇跡が起こるかもしれない。とすれば、私はその気の好いアホウドリの足に手紙を結びつけずにおれるだろうか。

いや、生還を考えるのが違反である旨は承知している。救護船を待つことも、だ。

でも、いったい誰が無人島なんかで死にたいと思うだろう？　オレはごめんだな。私は鳥の足に手紙を結びまくり、イカダを作りまくり、結局、往生際の悪いロビンソンクルーソーよろしく、最後まで娑婆の夢を追い続けるだろう。そういう時、背景で励まし系のJ-POPなんかに鳴られていたのでは困る。なぜなら、極度の内省だけが、孤独な人間の魂を外に向けることができるからだ……と、トム・ヨークは言っていると思う。もちろん、オレの勝手な解釈によれば、だが。

（「レコード・コレクターズ増刊 無人島レコード2」2007年1月、約1200字）

「読書の苦しみ」という枠で書いたコラム

「読書の苦しみ」という本稿のテーマは、編集部の発案だが、鋭い着眼だと思う。というのも与えられた枠組みで考えてみてはじめて気づいたことがいくつかあるからだ。こういうふうに、書き手に発見をもたらすテーマは稀有(けう)だ。素晴らしい。

気づいたのは苦しみの存在そのものだけではない。私にとって一番意外だったのは、読書が苦しみであることに、これまで、長い間、自分が気づいていなかったというそのことだ。おそらく、私は読書の苦しみを抑圧していた。ということはつまり、このテーマは私の痛いところをついたわけで、その意味でも、これは卓抜な問いかけであった。

読書そのものが、実感として必ずしも苦しいのではない。むしろ、読書にしか慰安を見出せないような生活が苦しいということで、より実態に即した言い方をするなら、ある種の苦しみのさなかにいる人間は、読書に救いを求めることでしか生きていけないのである。それゆえ、苦しんでいる時期に読んだいくつかの書物は、私にとって、その本の内容やテーマとは無関係に、苦しみそのものを思い出させる。やっかいなことだ。

では、苦しんでいた私は、読書によって救われたのだろうか。

残念ながら、「否」だ。

私が読書に耽溺（たんでき）したことは、溺（おぼ）れる者のしがみついた対象が藁（わら）であったという事情に近い。藁そのものに浮力があったのではない。というよりも、溺れている人間は、藁を正しく評価することができない。藁はわらじを作るための原料で、本来は歩き出すための契機であるはずだ。なのに、私はそれに浮力を期待し、あまつさえ食べようとした。当然、腹をこわしたが。

苦しんでいる人間は、他人との交流を楽しむことができない。他人が不要なのではない。人一倍他人を必要としている。が、候補となる「他人たち」を一人一人点検してみると、あらゆる人間が失格になる。なんとなれば、彼が求めている「他人」は、物静かで包容力があり、それでいて押しつけがましくない、現実には存在し得ない架空の人物像だからだ。

理想の他人は、不要な時には決して現れず、必要な時にはいつもそばにいる。頼りになり、邪魔にならず、神経にさわらず、余計な言葉を吐かず、しかもこちらの痛いところを突かないように常にデカい辞書を座右に置いている。「オダジマ禁句辞典」とかいう、巨大な書物を。

結局、苦しんでいる人間にとって、一般の他人は、やかましくて同調的で趣味の悪い、がさつな人間にしか見えない。理由は知らない。たぶん、他人に対する期待値が異常なのだろうな。病人だけに。

と、映画も、飲み会も、旅行も、スポーツも、サークル活動も、アルバイトも、すべての社会的な活動は苦しみを伴う。

つまり、何にもする気がしないわけだ。

では、無気力なら無気力で、何もせずにいられるのかというと、そうもいかない。なにより一番つらいのは、「自分が何もしていない」という実感それ自体だったりする。

おそらく根が勤勉なのだ。

というよりも、勤勉という地獄が私をして、かような苦しみにいたらしめていたと考えるべきなのだろう。

もちろん、勤勉であるだけで人が地獄に堕ちるのではない。地獄は、歩き出す方向を見出せずにいる若者が、勤勉な魂の持ち主で、なおかつ彼が自己肥大をかかえている場合に、足もとに口を開くことになっている。

自己肥大というと、思い上がった人間を想像しがちだが、エゴマニアックは必ずしも天狗になっているのではない。彼は傲慢さに見合う量の自己嫌悪と不安をかかえている。

結局、自己卑下であれ自己憐憫であれ自己陶酔であれ、世界のほとんどが「自分」でできているというそのことが彼の問題の核心なのであって、こんな人間が他人と交流できる道理はないのである。

だから、彼は本を読む。映画を見てもイライラするし、テレビには我慢できないし、生身の人間なんて、とてもじゃないけどまっぴらごめんだからだ。

しかし、勘違いをしてはいけない。本は、彼を向上させたりはしない。むしろ、ほとんどまったく何の役にも立たない。書籍を一冊読み終えたという達成感が、浅ましい勉強をなぐさめること以外には、ほとんど何の効用もない。そういうことになっている。

いま、勉強に対して「浅ましい」という形容詞を付加したのは、ある種の勉強は、結局、空転中の虚栄心や、無目的な功名心と選ぶところのない精神作用で、ありていにいって「焦り」以外の何ものでもないからだ。

焦っている人間は、書物の中から宝物を汲み出すことができない。というよりも、苦しんでいる人間はまっとうな読解力を持っていない。だから、乱読家は、多くの場合、本の表面を通過する漂流者で、言ってみれば、活字におけるギャル曽根に過ぎない。

ともあれ、若い時代の私を苛んでいた苦しみは、必要のない苦しみで、無駄な回り道だった。そのこと自体は仕方がない。が、その苦しんでいた時期に私が読んだ厖大な書物が、ほとんどまったくクソの役にも立たなかったと思うと、やはり空しい。なんという時間の浪費だろうか。

十代から二十代にかけて私が読み散らしたあまたの世界文学は、ギャル曽根がろくに咀嚼（そしゃく）もせずに嚥下（えんげ）して、翌朝には下水管の露（つゆ）と消えている満漢全席みたいに、いまはパルプ屑（くず）になっている。


でもまあ、ほかの道は選べなかった。このことだけは確かだ。

その意味で、読書は、必然だった。

それに、苦しみのうちにある若者が、読書によってしか時間を殺しえない事情は、現在にいたってもなお、あまり変わっていないはずで、とすれば、結局、書物の栄光は不滅であるのだろう。

もしかして、真に必要なのは、読書ではなく、苦しみそれ自体であるのかもしれない。

苦しめとは言わないが。


（初出不明、約２３００字）

「対決」という枠で書いたコラム

今回は正攻法で行こう。ズバリ自民党の総裁選を戦っている二人の候補者、安倍晋三氏と石破茂氏（以下、敬称を略します）を比較して後の世のための参考資料として残す所存だ。

当稿が活字になっている頃には結果が出ていると思うが、なあにかまうことはない。結果だけの話をするならあえて投票をするまでもなくすでに勝敗は明らかだ。

しかし、大切なのは結果ではない。われわれの国のトップの座に就いた人間がどんな人物であるのかを直視する機会として、選挙ほど好適な試金石はない。

まず、「知能」。これは全方位的に石破の完勝だ。思考力、記憶力、知識量、構想力、想像力、表現力、すべての分野において石破の能力は安倍を圧倒している。無論、石破とて完璧な天才ではない。政界にはもっとアタマの良い人間がいるといえばいる。しかし、安倍と比べれば昆虫と犬猫、でなければ電卓とiPad程度の違いはある。差は歴然だ。

となると当然、知能の表現形式のひとつである「弁舌」においても石破の有利は動かない。もっとも、石破には、大きな欠点がある。話している内容が的確であっても、しゃべり方があまりにもいけ好かないのだ。いわゆる「猿に算数を教えるみたいなしゃべり方」

というヤツだ。「ですからー。さきほどからご説明申し上げているとおりー」というあの噛んで含める形式の説明口調は、本当に頭の悪い人には親切なのかもしれないが、普通の大人には、屈辱を与える効果しか持っていない。なので星ひとつ減点。

対して、安倍の弁舌は、原稿を読んでいるだけなので、点数のつけようがない。なにしろ議論になるとまるで対話にならない。三歳児と話しているほうがまだ相手がかわいい分だけ退屈しないという、そういう相手だ。

さてしかし、三番目の「人脈」では、安倍が逆転する。背景には、華麗な血脈がある。大宰相の孫であり、早逝した総理候補の遺児でもあるサラブレッドと比べれば、石破は田舎の陣笠（じんがさ）に過ぎない。まずそこのところで出遅れている。加えて石破の人望の無さは無残なほどだ。上にかわいがられず下に慕われず、ただ幾人かのへそ曲がりの同志に共感されるのみ。よって党内基盤はゴミみたいに弱い。

自業自得とはいえ哀れだ。

最後の「察知力」だが、これは言ってみれば空気を読む能力で、二十一世紀の政治家にとってはアタマの良さそのものよりもずっと重要な資質だ。競争相手が何を考えているのか、メディアの狙いは何なのか、党内の政治家たちがどんなポストを欲しがっているのか、有権者がどんなパフォーマンスを期待しているのか……というこうした多様な「空気」を正確に把握できれば、アタマなぞたいして優秀でなくても選挙には勝てる。

この点で、石破はどうにも鈍い。なんといっても「文藝春秋」二〇一五年八月号に「キャンディーズでアイドルは終わった」という小論文を寄稿した男だ。

いや、原稿そのものは素晴らしいデキだった。この点は文筆家として私が保証する。しかし、考えてくれ。二〇一五年の八月といえば、安保法制の審議が紛糾し国会前がデモの群衆に包囲されていた自民党が一番大変だった時期だ。こういう時にお気楽なアイドル論をカマしている政治家が、果たして同僚の信頼を得られるだろうか。無理だと思う。

多少アタマが良いからといって、これほどまでに空気の読めない政治家に、宰相の仕事がつとまるとは思えない。それ以前に、還暦を過ぎてなおオタク気質の抜けない人間が総理をやって良いはずがない。

ま、オレは好きだけどね。


(「実話BUNKAタブー」2018年11月、約1400字)

オレらは安くなった

おい、廃刊だってさ。

絶句、だな。

何かを言うべきなのだろうが、オレは絶句しておくことにする。深呼吸。三十秒の沈黙。長いため息。そして絶句。クサい芝居だが、効果的だ。絶句。うまい言葉が見つからない時は、余計なことは言わない。黙って、タバコに火をつける。カチッ。禁煙中でなかったら。

いや、本当なら、絶句だけで一〇二ライン（※1）埋めたって良いのだ。

だって、廃刊にふさわしい言葉なんて、見つかるはずがないんだから。

結局、致命的な何かが起こっている時、ふさわしい言葉は皆無なのだ。言葉は、肝心な時にはいつも役に立たない。

たとえば、親しい誰かの訃報（ふほう）を聞かされた時、キミはどうする？

分析するか？

説明を試みるか？

それとも、対処法についてあれこれ腹案を並べてみせるか？

どれもダメだな。そういう時は、知能指数を喪失して絶句する以外に適切な対応なんてありゃしないのだ。わかってるはずじゃないか。

創刊準備のムックを作る時に、矢野直明編集長に声をかけていただいた。当時、飛ぶ鳥を落とす勢いだった私（いや、売れっ子だったとか、そういうことではない。実態はほぼ失業者だった。でも、なぜか自信満々だったのだな。若気の至りで）は、たいしてありがたいと思うこともなく、

「まあ、やってもいいっスけど」

てな調子で、仕事を引き受けた。

以来約二十年間にわたって、途中、途切れたり縁が薄くなったりもしたが、結局、最後まで連載ページを持たせてもらえた。

ありがたいことだと思う。

報酬のことを言っているのではない。

ひとつの雑誌の誕生から終了にいたる過程に立ち会えたことが、かけがえのない経験だった、ということだ。

だって、面白かったから。

そう、面白かった。それが一番だ。

アサパソは、パソコンがまだ、海のものとも山のものともわからないインチキくさいオモチャだった時代に創刊した雑誌だった。

だから、業界は変わり者のスクツ(※2)で、読者はマニアの集合で、編集部はひとつのデカいタコ部屋だった。

「潜水艦みたいですね」

と、朝日新聞社内の簡易宿泊施設に閉じこめられた(白状すれば、私は、創刊準備号の締め切りを三カ月も延ばしていた)時、私は、創刊時のデスクであったいまは亡き三浦賢一さん(合掌)にそう言った。

「ボクはここで暮らしてるんだよ」

と、三浦さんは楽しそうに答えた。

当時、五人しかいなかった編集部員は、二十四時間常駐していた。

メーカーの出してくるソフトは、バグだらけで、そのソフトについて私が書いたレビューにも、少なからぬ誤記があった。でも、誰も腹を立てなかった。

ユーザーはソフトのバグ取りを自分でこなし、読者は誤植を見つけると、うれしそうに電話をしてきた。

なぜなんだろう？　どうして彼らはあんなに寛大だったのだろう。

おそらく、値段がかかわっている。

当時、マトモに動くパソコンのセットを一通り揃えると、一〇〇万円ぐらいにはなった。ソフトウエアも、コピー用紙をホチキスで閉じたみたいなマニュアルのついたブツが、五万円で売られていた。

それでも、誰も文句を言わなかった。

どういうことなのかというと、つまり、当時のユーザーは、貴族だったのだ。

パソコンという、カネと時間をやたらに食うわりには、ほとんどモノの役に立たないマシンにかかずりあっていた人間である彼らは、年に一度のウサギ狩りのためだけに一〇頭の馬と五匹の犬を飼っているどこだかの国の貴族と同じく、滅びゆく人々であったのだ。

九〇年代からこっち、パソコンは五年ごとに半額になる調子で値段を下げ、性能のほうは、同じく五年ごとに一〇倍になっていった。

で、われわれはどうなったんだろう？

正直に言おう。オレらは安くなった。チープな存在になった。たった三九〇円の雑誌を高いと感じるほどに、だ。

パソコンに何か致命的な厄災（やくさい）が訪れて、ＩＴ業界がひっくり返ることを祈ろう。

そうすれば、パソコンに手を出すのは、物好きな、おっちょこちょいだけになる。
そう。昔と同じだ。
で、復刊、と(笑)。

(「ASAhIパソコン」2006年3月、約1600字)

※1 「ASAhIパソコン」連載時の原稿の行数。
※2 巣窟を意味するネットスラング。

価格往来

はじめに、来歴などを。

当連載は、十数年前に「噂の眞相」誌上で始められた価格コラムに由来している……のだが、同誌の廃刊に伴って、二年ほど前から「ASAhIパソコン」誌上に舞台を移していた……のだが、そのアサパソもまた、本年二月をもって休刊の運びとなり、結果、このたび三度目の真正直な引っ越し先として、当「論座」誌の一角をお借りすることになった次第。うむ。多事多難。わが来し方に蹉跌（さてつ）ありき。行く末は知らず。知るものか。

普通に考えれば、過去において二つの雑誌の廃刊に立ち会った（あるいは「追い込んだ」）コラムは、縁起の良いコンテンツではない。にもかかわらず「えいままよ」と誌面を提供してくださった編集部の蛮勇に感謝したい。蛮勇引力。出会いは度胸が作っている。リンゴが落ちるごとくに奇縁は通じ、かくして世界は回り、因果はめぐる。幸か不幸か。

リセットに際して「無資本主義商品論」→「価格bom」と推移してきた連載タイトルを「価格往来」という渋めの設定に変えた。いまさら、ルンペンプロレタリアートの覚悟を振りまわすのもナンだし、爆弾テロをやらかすトシでもない。とすれば、「価格往来」ぐらいな、老碩学（ろうせきがく）の回顧録じみた看板が順当。結果がオーライになればさらに良い。

主題は、ものの値段。あるいは、国家予算、プロスポーツ選手の年俸、犯罪被害の総額など、何であれ金額にまつわる話題を取り上げようと思っている。

初回は、荒川静香選手の演技につけられた値段について。なんでも、フランス公共テレビのコメンテーターが彼女の演技を評して「茶わん一杯のコメに値する」と言ったのだそうだ。

うん。変だ。非常に変。

記事を見よう。

「フランス公共テレビは、トリノ冬季五輪フィギュアスケート女子の実況中継で荒川静香選手に対し不適切なコメントがあったとして、在仏日本大使館に手紙で謝罪した。日本政府は15日にも、同局の意図を関係者に伝える。

問題視されたのは、リレハンメル、長野五輪フィギュア男子で連続銅メダルに輝いたフィリップ・キャンデロロ氏が、荒川選手の自由演技の実況で「茶わん1杯のコメに値する」と評した発言。意図は不明だが、局側は「ご飯1杯」が日本の食習慣に絡めた「たわいもない」という侮辱と受け取られる、と懸念したようだ——後略——」（※1）

記事中でも「意図は不明だが」と揶揄（やゆ）（↑だよね？）されている通り、たしかに、何回読んでも意図がわからない。

第一、「茶わん一杯のコメ」が、侮辱表現であること自体が疑わしい。「沢庵一切れ分の演技」と言ったならともかく、「茶わん一杯のコメ」からは、侮辱であれ、賞賛であれ、いずれにしても意味のある評価は伝わってこない。ただただ「センスのねえ言い方だなあ」という間抜けさが漏れだしているばかりだ。

ちなみに、フランス公共テレビが、謝罪を決めたのは、「日本スケート連盟の代理人を名乗るという仏弁護士から抗議の電話」があったからなのだそうだが、この行きがかりもなんだか不思議だ。

そんなややこしい人物が果たして実在したのだろうか？　実在したのだとして、この人物の狙いは何だったんだ？

もしかして、フランスをはじめとするヨーロッパのメディアは、例のムハンマド風刺画をめぐる謝罪騒動（※2）以来、「異文化」に対して意識過剰になっていて、それでこんな過剰反応をしたのだろうか。

「おい、《一杯のコメ》は、《ピース・オブ・ケイク》に聞こえないか？」

「それどころか、《一膳飯》は《商売女》の暗喩だったりするらしいぞ」

とか、フランスのテレビ局の偉い連中が、ビビリまくっていたと考えるとなんだか痛快だが、実態はおそらく違う。フランス中華思想的には、他愛のない失策だからこそ簡単に謝れるわけで、つまり、「真に致命的な錯誤であるムハンマド物件に関して、永遠のシカトを決め込むため」に、アラカワ風刺問題は、代償行為として利用されたわけだ。

実際、すれ違いざまにちょっと肩が触れたぐらいなことに関しては、欧米の人々は、実にさわやかに謝る。

「イクスキューズミー」

と、エレベーターの出入りとかでぶつかった金髪のおねえさんに満面の笑顔で言われたりして、ポーッとした経験が皆さんにもおありだと思うが、あれは、どうしてどうして、うれしくてやがて悲しい、不思議な体験ですね。ええ。

なのに、たとえば、交通事故の当事者になったり、賠償問題が絡みそうな事態に遭遇した場合、欧米の人々は、決して安易な謝罪をしないらしい。

なるほど。簡単に謝罪されるオレら日本人は、ある意味軽く見られてるのだな。

で、謝られたわれわれは、ポーッとしている。で、アタマを下げてしまう。

逆イナバウアー。

ニポン人ってかわいいよな（笑）。

（「論座」２００６年５月、約１９００字）

※1　二〇〇六年三月十五日朝日新聞夕刊。
※2　二〇〇五年九月、デンマークの「ユランズ・ポステン」紙に掲載されたムハンマドの風刺画に、イスラム社会から大きな反発と抗議が寄せられた。その後「ユランズ・ポステン」は謝罪したが、これに対してフランスの「シャルリー・エブド」紙などヨーロッパ諸国の有力紙が次々と風刺漫画を転載し、表現・報道の自由を主張した。

なんぼのもんじゃい

最初に所信などを。

当コーナーは、ご存知の方もおられるかもしれないが、もともとは雑誌「噂の眞相」に一九八六年から連載されていた「無資本主義商品論」という価格コラムに端を発するものだ。それが、雑誌の休刊に伴って「ASAhIパソコン」誌に移籍し、「価格bom」と標題を改めて再出発したのが二〇〇四年。その「ASAhIパソコン」もまた二〇〇六年に休刊にいたり、コラムはご存知「論座」に引き取っていただき、「価格往来」という題名で再々出発した。

で、いかなる天魔に魅入られたものか、その「論座」がまた、この夏、突然の休刊に見舞われたため、当「一冊の本」誌の軒先をお借りすることになった次第だ。

ま、「渡り鳥企画」ぐらいに受け止めてほしい。縁起をかつぐムキは「廃刊誘発コラム」と解釈するかもしれない。いや、フラグを立てているわけではないのだが。

タイトルは、再々度刷新することにした。題して「なんぼのもんじゃい」。「How much is it?」（おいくらですか?）を関西弁に翻訳したものだが、気分としては「So what?」（それがどうした?）ぐらいな気概を含んでもいる。とにかく、よろしくお願いします。

初回は、麻生（あそう）さんが持ち出した「定額給付金」（※1）について書きたい。

単純な話、私はこの施策をそんなに悪いとは思っていない。というよりも、もしかしたら唯一の有効なカンフル剤だったのではなかろうかとさえ考えている。

もしこの給付金が、十分に素早く、電光石火のうちに配布され、わたくしどもの家計にいくばくかのうたかたの潤いをもたらしたのだとすれば、あるいは「経済効果」が発生していたかもしれない。

思い起こせば、あの悪評サクサクだった「地域振興券」（※2）にさえ、一定の効果はあったのだから。

私はよく覚えている。天下の愚策と言われた地域振興券には、私自身も反対だった。というよりも、鼻先で笑っていた。「誰が二万円ばかりの涙金で経済への認識を改めるものか」と。

しかし、実際に配られてみると、これが案外にうれしい贈り物だった。当方が単純だっただけかもしれないが。ともかく私は、たぶん金券を入手したその日に、近所のスーパーで革ジャンを衝動買いした。それも、普段なら絶対に買わないような派手なデザインのブツを、だ。おそらく、こども銀行の紙幣みたいに見える振興券のおままごとっぽさが、四十過ぎの男をして、実年齢より幼い、軽はずみな消費行動に向かわしめたのだと思う。

購入したジャンパーを、私は結局、ひと冬の間着て歩き、その、若作りの、不似合いな衣類に身を包んでいた一シーズンの間、私はいつもの冬よりも少しだけ軽率な男として、いくつかの無理な仕事に手を出したりしたのである。

つまり、オブチさんがバラ撒(ま)いた、あのバーチャル消費促進紙幣は、成功だったのだ。だって現実に私は積極支出節句働きの男になっていたわけだから。

とすれば、このたびのリセッション危機に当たって、麻生さんがなによりもまず現金のバラ撒きを画策したその意図そのものはそんなに悪くなかったはずだ。

麻生さんが失敗した理由は、第一に時機を逸したからで、第二に説明を誤ったからだ。新聞もそう言っている。

でも、本当のところ、失敗の真の原因は、麻生さんの資質そのもののうちにあったのではなかろうか。

どういうことなのかというと、麻生さんは、バラ撒きには向かないということだ。つまり、ああいう必然性の乏しいバラ撒き企画は、オブチさんみたいな茫洋(ぼうよう)系の福相のおっさんが先頭に立っているのでなければ成功しないということだ。

じっさい、オブチさんはどこかしら福の神じみていた。苦労人だし。

麻生さんは違う。どちらかといえば貧乏神の相だ。御曹司(おんぞうし)のくせに。だから、もらうほうからすると屈辱を感じるのだな。

しかも、頼んでもいないものを押しつけるくせに、受け取る者に向かって「さもしい」（※3）とか言っていたりする。

これはマズい。猛烈にマズい。

でなくても、麻生さんは「給付」を受ける側の人間に向けて、「矜持（きょうじ）」（※3）なんていう言葉を使うべきではなかった。

「思いやり」ぐらいの言い方をしてくれれば、私だって辞退したかもしれない。

いや、辞退を期待されている所得層に属しているわけではないのだが。

だから、はやく配れよ。な。

（「一冊の本」2009年1月、約1700字）

※1　景気悪化の中、二〇〇九年に麻生太郎政権が実施した全国民への支給金。国民一人あたり一万二〇〇〇円（六十五歳以上と十八歳以下は二万円）を支給した。

※2　一九九九年、小渕恵三政権が実施した国民への金券支給。十五歳以下の子供がいる世帯は子供一人につき二万円、住民税が非課税の六十五歳以上の高齢者は一人につき二万円が支給された。

※3　定額給付金に関して、麻生太郎首相（当時）は「多額に収入をもらっている方でも『一万二〇〇〇円ちょうだい』と言う方はさもしい」「一億円も収入がある方はもらわないのが普通だと思っている。そこは人間の矜持の問題

なのかもしれない」等と述べた。

第2章

分析を装い、本音をぶち込む

コラムニストは社会学者ではない。仮説を立てて分析を試みることはしても、ファクトやらエビデンスやらは振り回さない。なぜというに、彼の仮説は、学問的な厳密性よりも「もっともらしさ」に重心を置いたものので、それゆえ、分析もまた真相を明らかにするための道筋というよりは、本音をぶちまけるための手続きに過ぎないからだ。分析が本音にたどりつくのではない。逆だ。これでいいのだ。

「広告批評」休刊に寄せて

「広告批評」（※1）が休刊するのだそうだ。

なるほどね、と言おう。

ずっと前から予想がついていたみたいな口調で。ふむ、と。

実際に、予想がついていたのかどうかはともかく。

だって、「広告批評」がわれわれに教えてくれたのは、「何事につけて、わかったふりをしておこうぜ」という態度だったわけだから。「いつもわかったような顔つきを保ち続けることが、もののわかった人と思われるための秘訣だぞ」と、私は、あの雑誌から、そういうメッセージを受け取っていた。で、実際、天野祐吉は、いつでも「わかった人」として、コメントしていた。殺人事件から、経済指標、グルメ、ファッション、ジャズ、映画、文学、生理用品まで。広告を批評する人間は、全世界を批評できるんだぞみたいな、そういう誤解を定着させることに、あの人たちは成功していたわけだよ。天晴れ、広告卑怯——というのは、言い過ぎだな。訂正する。批評広告。

正直に言うと、私は、びっくりしている。まさか、「広告批評」が休刊するなんて、予想すらしていなかったから。

どうしてなんだろう。

ここでは、その理由を分析してみたい。なぜダメだったのかという、広告屋さんたちが決してしないタイプの分析作業を、誰かがせねばならないはずだから。っていうか、批評という立場から撤退するのなら、「広告批評」は、自分たちの撤退について、まず存分に批評的な分析をせねばならなかったはずなのだ……とか、そういう難しいことを言うのはやめよう。そもそも批評なんかじゃなかったのかもしれないわけだからね。批評という商売。一種のメタ広告としての疑似批評広告、と。


代理店の人間は、勝つ理由についてなら、ヤマほど理屈を並べることができる、そういう人々だ。一方、敗因分析はからっきし苦手だ。売り上げに直結しない分析は、あの業界では無視されるから。

しかしながら、オレら構造不況業種の申し子であるところの出版界の人間である私は、むしろ、敗因分析を本業としている。後智恵。愚痴。あるいは、死者に鞭（むち）（↑「支社に無知」by ATOK)。あんまり生産的ではないが。

とにかく、ここしばらく、広告に関しては、あまりパッとした話を聞かなかった。やれ広告制作の単価が安くなっているとか、新聞の広告売り上げが右肩下がりだとか、伝わってくるのはそんな話ばかりだ。テレビもひどい。なんでも、今年に入って、民放各局のスポットCM売り上げは、軒並み、前年比で十数パーセント下落しているらしい。

たしかに、テレビ画面に出てくるCMは、この十年ほどの間に、驚くべき水準で劣化してきている。私のような素人の目から見ても、映像そのものにカネがかかっていないのが丸わかりだ。

ラインアップも、パチ屋、サラ金、尿漏れパンツ、老人向け年金保険、墓地、入れ歯安定剤……と、十年前だったら画面に出すことさえはばかられていた商品が、目白押しで並んでいる。それもゴールデンの時間帯に、だ。

新聞広告もひどい。

スッポンだの鹿の角だののから出来ていることを謳った怪しげな健康食品、先物取引に自己啓発研修、あるいはマルチまがいの浄水器みたいなものの広告が、一流とされている新聞の紙面に堂々と掲載されている。

折り込みの形で挟まってくる広告はある意味、さらに破壊的だ。地域によって多少の差はあるだろうが、どっちにしても地域密着型の詐偽まがい。SF商法（※2）や売り逃げ店舗の開店チラシ。催眠商法のバラ撒き広告や試供品詐偽の釣り用チケット。駅前の呼び込みみたいな調子のダミ声。ひどい。

以上のごとき次第で、「テレビで宣伝している会社だから一流だ」「新聞に広告が載っている商品だから大丈夫」といった感じの昭和の常識は、すでに瓦解(がかい)している。というよりも、二十歳から下の若い人々は、瓦解もなにも、はなっから広告に対して憧れを抱いていない。

思うに、「広告批評」の休刊はこういうところから来ている。つまり、「メガ広告の終焉」だとか、「広告媒体の多様化」だとかいったそれらしい分析以前の、モロな「広告」の破産という事態が、「広告批評」を休刊に追い込んだのであって、「広告」という作業そのものが信用を失ったことに、私どもは注目せねばならないのである。

知り合いの広告関係者に言わせると、うちの国の広告は、ほとんどまったくドメスティックな枠組みで作られているがゆえに、予算規模自体が、国内限定のケチくさい枠に縛られている。であるから、ナイキだとかアディダスみたいな会社が世界数十カ国に配信することを前提に作っている予算何十億の広告作品とは、はじめっから勝負にならないらしい。なるほど。

だから、天気待ち（野外撮影の場合、良い映像を撮るために、最適な光を求めて好天を待つものらしい）もろくにできていない、安い光で撮った、ショボい映像を、無防備で茶の間に流さなければならない。

で、その、ホームビデオで撮ったみたいなチープなCMを見ながら、若い連中は、広告業界への憧れを、徐々に喪失していった――これが、バブル崩壊以後の二十年ぐらいの間に起こったことの真相なのだと思う。

私が若者だった頃、広告業界は、学生や若いリーマンにとって、まさに憧れの職場だった。

クリエイティブで、おしゃれで、高収入で、将来性があって、自由で、経費使い放題で、最先端で、女にモテて、育ちの良い同僚がいっぱいいる、とにかく、あらゆる点で、最高の就職先に見えた。

広告作品自体も、なんだか時代をリードしているみたいに見えていた。なにしろ、「作品」と呼ばれていたぐらいだから。実態は宣伝媒体に過ぎないくせに。

結局、広告は「広告」を広告することに成功していたわけだ。広告業界は、「広告業界って最高だぜ」というプロパガンダを定着させ、「広告が時代を変えるんだぜ」というお題目をまんまと実体化し、そうやって、本来は流通の末端にいるはずの仕事を、経済界のトップに位置しているかのごとくに見せかけていたのだな。

だから、広告業界には、ワナビーがたくさんいた。

なんとかして広告に関わりたいと願っている、そういう若い業界予備軍の存在が、広告の単価を上げ、広告人の地位を押し上げ、彼らの社会的地位を幻想上の殿上人たらしめていたのである。

二十世紀のある時期まで、若いヤツは、誰もが皆、広告関係に就職したいと願っていた。それゆえ、姿形に自信のあるタイプのおねえちゃんたちもまた広告の周辺に蝟集した。

と、「広告には才能が集まる」というプロパガンダは、じきに一定の真実を含有するにいたる。ひとつの世代のうちの一番優秀な組がこぞって広告業界に集中するみたいなことが、実際に起こっていた時代があったのである。

と、才能と収入と世評と外国製乗用車に引き寄せられる形で、女とコンパと酒とコネクションが業界に集中して、最終的に、業界は、一種の仮面舞踏会へと昇華していった。

かくして、広告業界は、広告会社の社員が最も典型的なエリートであるという風評を作成することに成功し、そうした風評の裏付けに、「広告批評」を利用していたわけだ。広告作品を「批評」可能な独立した表現であるかのごとく扱うための媒体として。

他人のふんどしで相撲を取りながら（↑つまり「クライアントのカネでモノを作ってい

るくせに」ということ）、生活のリスクを負うこともなく、制作費は丸がかえで、そのくせ手柄だけはパトロン抜きで独り占めしようとする、そういう話だったわけだ。そもそものハジメから。

もちろん、広告が時代を反映しているということはまぎれもない事実だ。

とはいえ、だからといって、広告がひとつの独立した表現として評価されるべきであるのかどうかは、また別の話だ。

「広告批評」が、あくまでも、業界誌として、たとえば「鉄鋼新聞」や「月刊住職」みたいな位置づけで、業界人オンリーの雑誌として出版されていたのなら、それはそれでオッケーだったと思う。業界の人間が、あくまで業界内の情報として読むのであれば、それなりに、有用な情報も提供できたはずだ。

が、「広告批評」は、もっぱら業界ワナビー向けに作られていた。

文芸誌が作家志望の青年向けに刊行され、ロック雑誌が単に音楽業界人向けにでなく、むしろロケンローラー予備軍を含む、音楽と無縁なティーンエイジャー向けに出版されていたのと同じように、つまり、一種のスターシステムの象徴的媒体として、だ。

しかしながら、そういう時代は終わった。

だって、ワナビー自体が、消滅してしまったから。

広告業界は、中にいる人々にとって、素敵な場所だった。

でも、素敵なことばかりが起こっていたわけではない。

事実、電通や博報堂に憧れて試験を受けた野心家の多くは、意味のわからない理由で落とされていた。その代わりにまんまと入社していたのは、一部上場企業の重役の息子や、テレビ局の関係者だったりした。癒着ともたれ合いと相互承認。うちの国の標高の高い場所ではいつも同じプロットが展開される。そういう宿命なのだ。

で、「広告批評」が言っているみたいな、ハイブローでアーティスティックでクリエイティブでハイファッションな作業はともかくとして、業界は、ホイチョイ（※3）が描いたところそのまんまの腐敗ぶりを露呈しつつ、徐々に調子を狂わせ、そうこうするうちに、三十年不況と国際化のはさみうちにあって、絶対に国際化できない宿命を担ったうちの国の広告は、いつの間にやらもとの木阿弥（もくあみ）の三流業界に立ち戻ってしまったわけですね。ええ、ざまあみろです。

あ。最後の「ざまあみろ」は取り消し。忘れてください。分析を装った記事で、本音が露呈してたりするのって、最悪だからね。

（「週刊ビジスタニュース」２００８年６月、約３９００字）

※1　一九七九年、天野祐吉らによって創刊された月刊誌。
※2　催眠術的な手法で、客の購買意欲を煽って販売する商法。
※3　広告業界を舞台にした漫画『気まぐれコンセプト』などの作品があるクリエイターグループ、ホイチョイ・プロダクションズのこと。

昭和の男

俳優の高倉健さんが亡くなった。享年八十三。死因は悪性リンパ腫だという。

訃報の直後から流れはじめた追悼企画を横目で眺めながら、私は、その追悼の底に流れる、ある手慣れた感じに、戸惑いを覚えていた。同じ思いを抱いていた視聴者は少なくないはずだ。

というのも、高倉健のような芸歴の長い俳優については、人それぞれ、固有の受け止め方があるはずで、各々のファンが見ていた高倉健のイメージは、いずれにせよ、テレビの枠組みの中で祭り上げられている一丁上がりの故人像とは、別の顔をした人間であったはずだからだ。

私は、健さん(と呼びかけることを許していただきたい)のファンのど真ん中の世代ではない。だから、私が高倉健を見ていた目線は、仁侠(にんきょう)映画の時代から彼を追っていた団塊の世代の人々の見方とはかなり違っている。

とはいえ、昭和の時代を生きた男が高倉健という俳優に寄せていた共感の根っこの部分は大筋において、あまり変わらないはずだとも思っている。

二〇一三年に文化勲章を受章した時、会見の席で、健さんは、「二〇〇本以上の映画に出演させてもらったが、多くは前科者の役だった」という旨のコメントを残している。

実際、高倉健が銀幕の中で演じたキャラクターは、驚くほど良く似た設定の役柄だった。ひとことで言えば「義理にからんだ行きがかりで、余儀なく罪を着ることになった男」である。

思うに、この「スネに傷持つ身として、出所後の人生を寡黙に生きていく男」という高倉健の役柄は、「戦争の傷跡をかかえながら復興のために働く戦後日本の自画像」と、奥深いところで、響き合っていた。

だからこそ、決して言い訳をせず、義理と人情との板挟みに苦しみながら、与えられた使命を果たすことに専心する高倉健の背中は、昭和の男たちの心を動かさずにはおかなかった。

さてしかし、「決して言い訳をしない」「黙って自分の仕事に取り組む」「勤勉」で「寡黙」で「無器用」な昭和の男は、なんということだろう、気がついてみたら、いつしか、絶滅危惧種になってしまっている。

時代が平成に切り替わって四半世紀が経過してみると、世の中の基調は、黙って働く男を許さなくなった。

「それって、コミュ障じゃん」

と、若い世代の利口者はそう言うはずだ。不器用で寡黙な言い訳をしない男は、いまや「コミュ力が低い」という烙印(らくいん)を押されて、後方に配置され、リストラされる運命のもとにある。

でなくても「アカウンタビリティ」を果たさず、「リーダーシップ」に欠け、「グローバル」な身の処し方を知らない無能な男として軽んじられる。

テレビの追悼企画は、仕方のない仕様ではあるのだが、「人間・高倉健」の人柄を惜しむ声に終始していた。

本当は、それだけでは足りない。

高倉健の死は、同時に、俳優高倉健とともにこの世を去る「昭和の男」というロールモデルの死を意味している。とすれば、追悼番組は、高倉個人だけではなく、昭和という生き方にも等しく花を手向けるべきだった。

しかし、いまさらそんなことを言っても、遅い。手遅れだ。

健さんは、黙って逝った。

私も黙ろう。

(「日経ビジネス」2014年11月、約1300字)

家族の絆

明治時代から家族のあり方を定めてきた民法の二つの規定について、最高裁大法廷がはじめての憲法判断を示した。一つは、女性のみに六カ月間の再婚禁止を定めた民法七三三条をめぐる訴訟で、最高裁は、百日を超える部分について「生まれた子の父の推定には不要で違憲だ」とした。

もう一つは、より大きな注目を集めていた夫婦別姓を認めない民法七五〇条が憲法違反であるのかどうかを争う訴訟で、これについては、「家族の呼称を一つに定めることには合理性があり、女性の不利益は通称使用で緩和できる」と、合憲の判断を示した。

ただ、判決文は、当判決が「選択的夫婦別姓が合理性がない、と判断したのではない」とも述べており、「この種の制度のあり方は国会で論じ、判断するものだ」と立法府での議論を求める文言を添えている。ちなみに、一五人の裁判官のうちの五人は「違憲」としており、三人の女性裁判官は全員が「違憲」の反対意見を述べた。

最高裁としては、「選択的夫婦別姓法案」の成立を排除したわけではない。つまり事実上は、判断を国会の場に委ねた判決だと考えて良いのだろう。

テレビの報道を見ていると「選択的夫婦別姓制度」の争点を、「同姓婚」vs「別姓婚」

の問題として、それぞれの結婚制度への是非および賛否を問う形で番組を作っているケースがいまだに散見される。これは、意図的にやっていることではないのだとしても、誤解を招く報じ方だ。というのも、実際の争点は、「全国民一律の同姓婚義務を課す現状の制度」対「希望者に別姓婚の選択を許す選択的夫婦別姓制度」だからだ。

もっとも、「選択的夫婦別姓制度」というこの言い方自体、「夫婦別姓制度」という文言をいたずらに強調しており、結果として、「この法律が通ると、夫婦別姓婚が日本の家族制度の基本になる」という誤解を与える。できれば、くだくだしいようでも「夫婦同姓・夫婦別姓自由選択制度」あるいは「夫婦別姓許容法案」ぐらいな名称で議論されることが望ましい。何を言いたいのかというとつまり、問われているのは、「同姓か別姓か」ではなくて、「一律か自由か」を選ぶ作業だということだ。

たとえばの話、蕎麦は蕎麦つゆで食べる人が多数派なのだろうし、そのこと自体はこれからも変わらないはずだ。が、ケチャップで食べたい人がいるのなら、勝手に食えば良いと、少なくとも私はそう考えている。そして、わが国の法律は、ケチャップで蕎麦を食べる食べ方を禁止していない。

ところが、結婚となると、法律は、夫婦別姓の選択を禁じている。

これまで通りに、蕎麦つゆで蕎麦を食べたい人たちの選択を妨げようというのではない。ケチャップで蕎麦を食べたい人の食べ方を許容しようではないかというだけの話だ。が、ケチャップを認めない人たちは、「日本の食生活の根本が崩壊する」と言って、正統でない蕎麦の食べ方をあくまでも禁止しようとしている。

自民党の女性議員の中には、自らが結婚前の旧姓で政治活動を続行していながら、それでもなお別姓婚に反対している議員が複数いて、彼女たちは、「日本の伝統的な家族の絆が崩壊する」ということを理由に、現在でも別姓婚に反対し続けている。

どうして自分以外の人間が、本人の生き方を選択する自由を許容できないのであろうか。

自分たちの「家族の絆」が「他人の家族の暮らしぶり」次第で「崩壊」してしまうと考えているその人たちは、つまるところ、根本的な次元において「家族」を信じていないのか、でなければ、「家族の絆」を大げさに考え過ぎている人たちなのではあるまいか。

いずれにせよ、哀れな人たちだ。

（「日経ビジネス」２０１６年１月、約１５００字）

文壇

第二九回三島由紀夫賞に蓮實重彦（はすみしげひこ）氏の『伯爵夫人』が選ばれた。新聞記事に添えられていた解説によれば、三島賞は、通例として「新鋭」に与えられることになっているのだそうで、その意味で、このたび、東京大学の総長まで務めたフランス文学界の重鎮たる蓮實氏が受賞したことは、異例の事態ということになるらしい。

選考の過程や授賞の決断が正しかったのかどうかとは別に、世間の耳目を集めたのは、受賞者である蓮實重彦氏の記者会見だった。

私は、会見の翌日、ネット上にアップされた動画を見物した。率直に申し上げて、蓮實先生のあまりといえばあまりに失礼な物言いに啞然（あぜん）とした。

で、その場でツイッターに感想を書き込もうとしたのだが、現場に立ち会っていた人間の解説コメントや、そのコメントに対するほかの人々の批評やらを眺めているうちに、なんだかバカバカしくなって、書き込みを断念した。なんというのか、受賞の弁の失礼さ以上に、その失礼な態度の「真意」を読み解いてみせている「事情通」のしたり顔に閉口したカタチだ。

あるいは、蓮實重彦氏は、純文学の世界で起こっている出来事が、一般社会でほとんどまったく話題にならない二十一世紀の現状に風穴を開けたくて、ああいう人を食った芝居を仕掛けにかかったのかもしれない……などと、王様の「真意」を読解しにかかる態度は、蓮實老の計略にまんまと釣られているしぐさであるのだろうからして、老王の呪いを解くためには、徹底した黙殺を以って報いることが、常識の守護者たる雑誌コラムニストが選ぶべき唯一の正しい対処法なのであろう。

とは申すものの、無垢(むく)な文学少年だった四十年前の私自身の顔を立てて、今回は特別にひっかかってさしあげることにする。

今回の騒動を通じて、私が最も腹立たしく感じたのは、文壇のインサイダーを自認している人々が「なんと失礼な態度だろうか」という一般人の反応を嘲笑していたことだ。彼らの見立てでは、蓮實会見の失礼さに憤慨していること自体が、自らの読解力の欠如を宣伝する愚行なのであって、会見をサカナにおいしい酒が飲めるようでないと通人とは言えない、ってなことになる。

なるほど。ディレッタントというのは、どこまでもイヤミったらしくなれるものなのだな。

そんなこんなで、私は、一拍遅れて、こんな感想コメントを書き込んだ。

《「積み重ねられた行きがかりや背景にある関係性と文脈のもつれを理解していない人間

が、やりとりされている言葉を字義通りに解釈してみせたところで恥をかくだけだから黙っていろ」というこの猛烈なムラ社会臭が、文芸と呼ばれるものを衰退させているわけですね。》

普通の人間の感覚では失礼以外のナニモノでもない言葉から、インサイダーにしか感知できない微妙なニュアンスを読み取る人々がいて、その彼らが、自分たちにしかわからない暗号を使って半笑いで語り合っている世界があるのだとしたら、そういう場所を限界集落と呼ぶのだと思う。

いずれにせよ、「普通の人にはわからない」ということが選出条件であるような卓越性に存在価値は無い。

三島は腹を切る前に、「文壇」と手を切るべきでしたね。

（「日経ビジネス」2016年5月、約1300字）

オバマ大統領のスピーチ

第四四代アメリカ大統領のバラク・オバマ氏が、一月十日の夜（米国時間）、自身のお膝元であるシカゴのコンベンションセンターで、大統領として最後の演説をした。

素晴らしいスピーチだった。オバマ大統領の言葉は、そもそも就任演説からして完璧だったわけなのだが、銃撃テロを非難する時でも、広島を訪れた折りのスピーチでも、常に人々を感動させる言葉を紡ぎ出せるところが、この人の強みだったと言ってよい。

翌日の午前十一時には、次期大統領のトランプ氏が、大統領選後はじめての記者会見に臨んだ。

両者の演説をほぼ半日の間に聴き比べることになった私は、正直な話、二人の間にある巨大な溝を、自分の中でどう消化してよいのかわからずにいる。

両者の個性がかけ離れたものであることは、アメリカの国民にとっては先刻承知の事実だ。というよりも、オバマさんのこの八年間に、変化を求める気持ちを抱いたからこそ、彼らは、トランプさんを当選させたと考えるべきなのであろう。それにしても、目前にある巨大な落差を、アメリカ国民は、この先の四年間、どうやって埋めていくつもりなのであろうか。

演説の出来不出来を虚心に比較するなら、これはもう、オバマさんのスピーチのほうが圧倒的に優れている。

言葉の選び方のセンスもさることながら、論理の一貫性といい、情緒に訴える演出の巧みさといい、前例を踏まえた引用の洒落っ気といい、ひとつとして緩んだ部分が見当たらない。私の知る限り、二十一世紀の政治家で、これほど見事な演説を展開した人物はほかにいない。それどころか、二十世紀の大政治家や、歴史上に名を残す偉人哲人と比べてみても見劣りしないと思う。とにかく、同じ時代に、優れた政治家の言葉に耳を傾ける機会を持つことができた私たちは幸運な世代だったと、そう思わせるほど、オバマ大統領のスピーチは、いつでも水際立っていた。

ただ、八年間にわたって、素敵な演説を聴かされ続けてきたアメリカ国民が、そのオバマさんの非の打ち所のないスピーチに、食傷した可能性は、やはり、否定できないと思う。

というのも、素晴らしい演説が流れている一方で、アメリカは、必ずしも偉大であり続けたわけではないからだ。世界の警察としての威信はこの八年の間、一貫して低下し続けていた。経済や雇用にしても、万全というわけにはいかなかった。

してみると、格調の高い演説の心地よさに疑念を抱きはじめたアメリカ国民は、別のタイプの、もっと刺激的で直截な言葉を吐き出す政治家を求めたのかもしれない。

「演説は良いから結果を出せよ」

と、アメリカ国民がそう考えたのだとして、外国人であるわれわれに、その彼らを笑う権利があるだろうか。

とはいえ、演説の巧みな政治家が、実務家として万全でなかったということが、仮に事実であったのだとしても、だからといって、品のない言葉で罵詈雑言（ばりぞうごん）をまくし立てるリーダーが実務的に有能であるとは限らない。

でもまあ、正直なところを言えばアメリカみたいな国のリーダーには、「自国の国益」を第一に掲げる実利主義者よりは「民主主義の理念」を掲げる理想主義者が就いてほしかったです。

繰り言ですが。


（「日経ビジネス」2017年1月、約1300字）

選択と集中

二月末に閉幕した平昌（ピョンチャン）冬季五輪は、収穫の多い大会だった。特に、若い女子選手ののびのびとした活躍が印象に残っている。テレビ放送の視聴率も良かったと聞く。

ただ、スポーツ新聞やテレビの情報番組が鬼の首を取ったように繰り返している「冬季五輪史上最多のメダル獲得数」という言い方には、ひっかかりを感じる。たしかに、メダルの数を単純に積算した数字では、平昌五輪でわが国が獲得したメダル数の一三個は、九八年の長野五輪での一〇個を超えて、過去最多を記録している。

ただ、長野五輪の時代は、競技種目数そのものが六八と、平昌五輪の一〇二に比べて少ない。そこのところを勘案して「総メダル数から見た日本のメダル占有率」を比較してみると、長野大会の占有率が四・九〇％であるのに対して、平昌の数字は四・二五％と、わずかに及ばない。このことはつまり、平昌における日本人選手の活躍が、必ずしも史上最高とは言い切れないことを物語っている。

いや、私は、祝賀ムードに水を差そうとしているのではない。ただ、このひと月ほどの間、テレビ各局の報道のあまりといえばあまりにあからさまな我田引水ぶりを見せつけられて、つい国民的夜郎自大傾向の高まりに注意を促したくなってしまったのである。

ついでに申せば、私は、今回の結果を受けて、わが国のスポーツ振興を担う立場の人々が、平昌五輪にいたる自分たちの取り組みを「成功体験」として語るであろうことに懸念を感じている。もう少しはっきり言えば、「勝てば官軍」のムードの中で、勝利に貢献したわけでもない連中が勝った気になるうっとうしい事態を警戒している。

閉会式翌々日の二月二十七日、閣議後の記者会見で、麻生太郎財務大臣は、平昌五輪においてわが国の選手団が冬季五輪史上最多の一三個のメダルを獲得したことについての感想として、以下のような言葉を述べている。

「やっぱりきちんとした成果を生むんだったら、資金を集中させる、選択と集中は絶対大事だという話をだいぶ前に、（参院議員で元スピードスケート選手の）橋本聖子先生とさせてもらった。それは着々と進んだんですよ。たとえば、日本スキー協会はノルディックに資金を集中させ、（複合の個人ノーマルヒルで渡部暁斗（わたべあきと）選手が）メダルをとった。そういったのが、成果として出てきている。どこにカネをかけているかと言ったら、コーチにカネをかけた。カーリングも外国人。コーチとか、そういうものの大事さっていうのをおよそ理解してないとダメです」

なんと、高飛車な言い方だろうか。

メダルは、なによりもまず、個々のアスリートが積み上げてきた努力の成果だ。彼らを支えてきた競技団体や支援組織の助力の結果でもある。とはいえ、政府の人間が、自分の手柄として語って良い対象ではない。

「選択と集中」は、この二十年ほど、かけがえのない経営資源を非採算部門として切り捨てるにあたって、無能な企業トップがお題目のように繰り返してきたマジックワードだった。

実際、権力を持った人間がこの言葉を使う時、現場では必ず血が流れることになっている。

この言葉を安易に振り回す人間こそが、まず最初にリストラされるべきだと、個人的にはそう思っている。

（「日経ビジネス」２０１８年３月、約１３００字）

言葉の責任

北方四島ビザなし訪問団の一員として同行した日本維新の会の丸山穂高衆議院議員（大阪一九区）が、元島民に北方領土を戦争で取り返すことの是非を執拗に問い質している動画を見た。

丸山穂高氏は、仮にも国会議員のバッジをつけた人間だ。しかも当日は、国後島を沖縄・北方問題特別委員の肩書きを帯びて訪れている。

その丸山議員が、両国の思惑に引き裂かれている当事者たる元島民に向けて、「戦争の可能性」を持ち出し、のみならず「戦争しないとどうしようもなくないですか？」などと、戦争への覚悟を求めるかのごとき質問をカブせた態度は、三六〇度、どの方向から見ても、ひとっかけらも擁護できない。「論外」という言葉ですら足りない。

丸山議員の例の発言は、もっぱら戦争肯定ないしは対露戦を扇動するニュアンスが強い点で問題視されている。もちろん、最大の問題点は、そこにある。沖縄・北方問題特別委員の肩書で北方領土の当地を訪れた国会議員が、「戦争しないとどうしようもなくないですか？」という主旨の発言を繰り返したことが、相手方にどんなふうに利用されるかを考えれば、その発言の愚かさはもはやとりかえしがつかない。

ただ見逃されがちなのは、丸山議員の「戦争しないとどうしようもなくないですか?」という問いかけは、そのまま「外交交渉なんかやっててもラチが明かないでしょ?」というふうに読み取ることが可能で、とすれば、この言葉は、これまでの半世紀以上にわたる日露間の外交交渉をすべて否定していることになる。つまり、彼は、政治家の仕事である「国家間交渉によって自国の国益を確保すること」ならびに「戦争を回避すること」を、自ら全否定してみせたわけだ。こんな発言が許されて良いはずがないではないか。

もっとも、いま申し上げたような論点はすでに様々な論者によって言い尽くされている。特段に外交や政治の専門家でもない私のごときいち雑感コラムニストが、これ以上重複を重ねてもたいして意味のある仕事はできない。

私が私の立場で付け加えるとするなら、今回の議員の発言を「アルコール依存症患者の妄言」として処理しようとしている一部の人々への反論だろう。

たしかに、丸山議員は発言当時泥酔していたと言われている。また、この事件以外にも、彼にはアルコール絡みの失敗談が絶えなかったらしい。

そこで、「病気なんだから仕方がないじゃないか」「病人を責めるのは筋違いだぞ」「なにより治療に専念させるべきだろう」といった、ちょっと変わった角度からの擁護が出てくる。

これらについては、ひとこと「論外」である旨を断言しておきたい。アルコール依存症患者が治療を要する疾患であることはその通りだ。とはいえ、酔った上であれシラフであれ、言った言葉の責任はその言葉を発した口の持ち主が負わなければならない。この点は病人であるか健康な人間であるかを問わない。まして国会議員のバッジをつけている人間の責任を病気の名前で免罪することがあってはならない。

そんなわけなので、丸山穂高議員には、すみやかに議員の職を辞して治療に専念する旨を進言しておく。指摘されている疾患の寛解を期するにあたって、辞職は間違いなく貢献するはずだ。なんとなれば、権力は多くの男にとって、酩酊（めいてい）そのものだからだ。

（「日経ビジネス」２０１９年５月、約１３００字）

第3章

会話に逃げる

モノローグ（ひとりごと）であれ、ダイアログ（対話）であれ、その場の思いつきが命だ。論理的一貫性は無視しよう。ツッコミがボケを招き、コールがレスポンスを呼んで、会話が回りはじめればOKだ。たくさん書いてあとで削るのがコツといえばコツなのだが、削り過ぎてはいけない。根も葉もない話にも花は咲く。しかし茎を切ってしまったらそれで終わりだ。無駄なセリフが会話を支えている。大丈夫。だらだら書こう。

サブカル

「サブカル」は、いつの間にやらやっかいな言葉になっている。であるから、昨今、この言葉の周辺では、揉め事が絶えない。

私が個人的に理解していたところでは、「サブカル」は、要するに「サブカルチャー」の略で、「下位文化」「対抗文化」を含意する概念なのだろうと思っていた。

それがどうやら違うらしいのだ。

「サブカルチャー」と、略さずに言う時は、「下位文化」ないしは「オルタナティブな教養」くらいな解釈でかまわない。主要な語義は、伝統的支配的かつ正統的でブルジョア的な「ハイカルチャー」に対抗する、より周辺的で大衆的な文化的要素といったあたりからそんなに外れないところにある。

ところがこれが「サブカル」という四文字略語になると、微妙にぞんざいな言い方に変化し、「サブカル野郎」「サブカル女子」と、人間を指すようになるとさらに攻撃的なニュアンスを獲得する。しかも、言葉の使い方は、世代によって違うらしいのだ。なんというわかりにくさだろうか。

「だからさ、一般的なよくある定義で良いから、君らが使う時の意味を教えてくれよ」

と、そんなわけで、一年ほど前ツイッター上で「サブカル」と罵られた時、私は四十代の若い知り合い（↑私にとって四十代は「若いヤツ」だ）を質問攻めにしたことがある。ところが、彼の答えは、

「一般的な語義なんてありませんよ。誰がどこで誰に対して使ったのかが確定しないと言葉の意味も確定できないんですから」

と、一向にはっきりしない。仕方がないので、こっちの事情を説明した。

「だからほら『死ねという言葉を安易に使うヤツはファシストなので死ね！』と言ったら、『ファシストと市民の非対称を考えて言えポンコツサブカル』と言われたわけだよ」

うーん、と、彼はしばらく考え込んでから答えた。私をポンコツサブカル呼ばわりした人間は、「現場を知らず、現実に関わることもなく、ただただ知識と情報を武器に、状況を相対化しているだけの口だけ番長」くらいな意味をこめてオレをサブカルと呼んだはずだというのだ。おい、なんだそりゃ。

「サブカルっていうのは、サブカルチャーの略じゃないのか？　どうしてそれが口だけ番長ってな話になるんだ？」

「まあ、自分で自分をサブカルと自称する時と、他人に対してあいつはサブカルだって言う時で、意味が真逆になったりしますし」

「それ、本気で言ってる？」

「もちろん本気ですよ」

この時の話はこれで終わった。結局、彼の説明では、意味が飲み込めなかった。

別の機会に、別の人間に受けたレクチャーでは、「サブカル」は「オタク」の対立概念で、単独で使われる場合と、「オタク」の対偶として使われるケースでは意味が違うらしい。

「じゃ、オレはオタクなんだろうか？」

「違うと思います。世代が合いません」

「意味がわからないんだけど」

「っていうかオダジマさんくらいな世代の人をサブカルと呼ぶことはまずありません。オタクに分類することもないはずです」

「でもオレは、サブカルと呼ばれたぞ」

「それは相手が無知だったからです」

「何について無知だったんだ？　サブカルについてか？　オレについてか？」

「両方だと思います」

「じゃあ、サブカルに詳しい人間は、たとえばオレのことをなんて呼ぶんだ？」

「……おっさん……かなあ……」

「って、それだけか？」

「はい。おっさんはサブカル以前なんで」

よくわかった。今後オレに対して「サブカル」という言葉を使った人間は、絶交だ。

ついでに、オレを「おっさん」と呼ぶ人間はサブカルに認定する……というのも、なんだかあんまりおっさんくさいやりざまなので、最後に有益な提案をして稿を収めたい。

この際、サブカルというこのやっかいな日本語は、廃止に追い込むのはどうだろう。

いきなりの廃止が淋しいという向きには、代案として、勘違いしたサブカルでマウンティングする態度を「かぶさる」と呼ぶプランを提示しておく。

旧世代のオレたちは、かぶさるんじゃなくてぶら下がることにする。

だから、ほっといてほしい。


（「GQ」２０１７年２月、約１６００字）

推しメン

「推しメンは誰ですか？」

と、いきなり訊かれる。

意味がわからない。

先方は、こっちが当然「推しメン」を決めていると思い決めていて、それが誰であるのかを尋ねているつもりらしい。

「えーと、そのオシメンというのはもしかしてAKB48の関係のなにかですか？」

「そうです。イチオシのメンバーが誰かということです」

なるほど。

「いません」

「は？」

「だからいません」

ケンカを売っているつもりはないのだが、なんとなく場の空気が悪くなる。

せっかく、気のおけない若い人が、友好のしるしに、当たりさわりのない話題を振ってくれたのに、それに対して年長者である男が、卓袱台(ちゃぶだい)を返すみたいな対応を示したという感じの、いやなムードになっている。

「お嫌いですか?」

「いや、好きとか嫌いとか言う以前に、あの年頃の女の子があぁいう感じで群れてるのを、私のような年齢の人間に見分けろというのがそもそも無茶な話だってことです」

「おわかりにならない、と?」

「たとえば、おたくがモンゴルを旅行していたとする。で、ウランバートルの空港で知り合った現地の人間と親しくなったとします」

「なんの話ですか?」

「いや、だからそのモンゴルで友だちになったなんたらドルジさんだとかいうおじさんに写真を見せられたと思ってくださいよ」

「わかりました」

「で、写真を見せながら先方は言うわけです。どの子が一番美人だと思いますかって」

「なるほど」

「あなたは答えられますか?」

「そりゃ、答えますとも。写真見て、自分がきれいだと思う女の子の顔を指差しますよ。隠したって仕方がないじゃないですか」

「でもね。そのモンゴルのおじさんがあなたに見せてる写真は、彼の財産であるところの、四八匹の羊の写真ですよ。ヒツジ。あのメエメエ鳴くヒツジです」

「……は？」

「だから、ヒツジ・フォーティーエイトなわけです」

「……だとしたら、美人もへったくれもないじゃないですか。羊なんて、みんなおんなじ顔してるんだから」

「でしょ？」

「ですよ」

「だから、私にとっても、それは同じことで、見たこともない女の子の顔を四八個並べられても区別がつかないわけです。というよりも、比べてみるということが、こっちにとっては大きな負担なわけですよ」

「……」

もちろん、私とて、若い人たちの気軽な質問に対して、いちいちこんなふうに突っかかっているわけではない。

でも、負担なわけですよ。この卓袱台は。わたくしども中高年にとっては。

さよう。ＡＫＢ48は、いつの間にか、パソコンにとってのＯＳみたいな調子の、社会的な共通基盤になってしまっている。このことが、われわれには面倒くさいわけです。

同じ卓袱台を共有している人間たちにとって、AKB48のお嬢さんたちの存在は、同じテーブルの上に並んでいるたくさんの小皿みたいに自然な存在なのだろうと思う。

でも、オレたちのテーブルには、そんな皿は並んでいない。だから、なるべくなら、通じない話題は持ち出さないでほしいのである。でないと、おじさんは卓袱台をひっくり返さねばならなくなる。

この数年、AKB48の皆さんについてのあれこれが、ある意味で業界標準になり、国民的な共有概念になり、お天気の話題や、巨人阪神戦の勝敗の行方(↑っていうか、この話題はもはやオワコンですね)と同じような、「定番の話題」になってきている事情はよくわかっている。

でも、私はついていけない。

というよりも、現状では、ここまで乗り遅れてしまった以上絶対に乗っかるまいぞ的な境地に到達している。

たぶん、私は意地でも、推しメンを決めないだろう。

そういう意味で、AKB総選挙の日の朝日新聞デジタルの特設サイトには本当にがっかりさせられた。

社会の木鐸だとか、いまさらそんなセリフを持ち出そうとは思わない。が、それでも、大新聞の一面を作っている人たちには、もう少し冷ややかに構えておくだけの自制心は失ってほしくなかったとは思っている。

彼女たちが嫌いだというのではない。好きだとか嫌いを超えて、私とあのコたちは、そもそも住む世界が違うのだ。ともに同じ空を戴くことができない、そういう関係だ。だから、あのコたちが一面を飾っている新聞は、私にはもう読めない。さようなら……と、そう思っている中高年はたぶんとても多い。

私のまわりでも、

「朝日ともあろうものが」

という声が、いくつか湧き上がっていた。

悲しい出来事だ。

「あろうものが」と言われていた時代があったんだよなあ、と、十年後の総選挙の時には、そう言われているかもしれない。

今後、

「あなたの推しメンは？」

と訊かれたら、私は、

「さあ。昔は、朝日の文化面とかけっこう好きだったよ」

と、答えることにします。

だから、がんばってください。


（「論座」２０１２年６月、約１９００字）

人事

勤め人の経験が浅いからなのか、私は人事にカンが働かない。情けない話だが、自分自身そう自覚している。

新卒で入社した会社を半年ほどで辞めてから、三十歳になるちょっと手前までの八年ほどの間、私は、非正規の働き手として、いくつかのメディア企業の周辺をうろうろしていた。そうした折、正社員の人々と酒を飲みに行くたびに、毎度毎度驚かされたのは、彼らの「人事」への視線の熱さだった。いちアルバイトの目から見ると、およそどうでも良い出来事にしか見えない隣の部署の社員の栄転や左遷(させん)を、彼らはそれこそひいきのチームのエースがトレードでライバルチームに引き抜かれた時の野球ファンみたいな熱心さで、あれこれと論じていたものだった。

「その○○さんが左遷された話って、そんな大事件なんですか?」

「何を言ってるんだキミは。サラリーマンにとって人事は日本シリーズとW杯を合わせたよりデカい話題だぞ」

「言ってみれば全財産つぎこんで馬券買ってるレースなわけだし」

「しかも自分が走ってもいるんだから」

たしかに、人事は、中長期的な経営方針や各派閥の動向から、ほかならぬ自分自身の身の置きどころまでを含めた、あらゆる近未来予測を含む情報戦であるわけで、彼らが寄ると触ると人事の噂に熱中していたのは、極めて自然ななりゆきだったのだろう。

してみると、たとえば、森友学園をめぐる国会を、資料を廃棄した旨の答弁で乗り切ってみせた前財務省理財局長の佐川宣寿(のぶひさ)氏が、国税局の長官に抜擢された人事あたりについての世の組織人諸氏の洞察は、私の見方とは、たぶん角度も深さも違っているのだろう。

何人かの同世代のおっさんに感想を尋ねてみたところ、先にこっちの見解を質された。お前はどう思うんだ、と。

「まあ、納税者として納得できないという感じかな。月並みだけど」

「その感想を月並みだと思ってるところからして、すでにまるっきりズレてる」

「納税者としてみたいな言い方してるヤツは、要するに人事がわかってない女子供と同じで、他人事として見物してるだけの傍観者だわな」

「まあ、役所の人間は、不安と怒りが半々ってなところだろうな」

「半々っていうか、不安が九割で怒りが一割だと思う。オレらだって同じだよ。ヘンなヤツが異例の出世をした時は、社内がまるごと不安に陥るだろ?」

「どうして?」

「こういうとこで『どうして』とか言ってるから素人丸出しなんだぞ。考えてもみろよ。オフサイドのルールが変わったらサッカーにならないだろ？　あんなヘンな笛吹かれて、選手が不安にならないわけがないじゃないか」

「……だから……納税者として」

「全然違う。ここは、文科省の前の事務次官の話（※1）とレイプ事件揉み消した警察官僚の栄転（※2）と、アッキーのお付きだった女性官僚の外交官デビュー（※3）と合わせて考えないといけない。霞が関の連中は間違いなくそう見てる」

「そう見てるって、どう見てるんだ？」

「ほら、ベンチがアホやから野球でけへんっていう、アレだよ」

「それでも野球やるわけだけどな」

「インパールだよインパール（※4）」

なるほど。ちなみに、インパールの未来について尋ねたところ、答えは、

「知るか」

だった。了解。オレにもわからん。

（「日経ビジネス」２０１７年９月、約１３００字）

※1　前川喜平氏のこと。加計学園による獣医学部新設について、総理の意向が記された文書の存在を証言した。

※2　伊藤詩織氏のレイプ事件に関して、警察官僚による揉み消しがあったとされる件を指す。

※3　安倍昭恵首相夫人付の政府職員だった谷査恵子氏が外務省に出向した件を指す。

※4　日本軍がビルマ戦線において決行した作戦で、およそ3万人が命を落とし、太平洋戦争で最も無謀な作戦と言われる。

イニエスタ

「やあ、顔色が悪いね」

「うん。で、キミは誰？」

「レッズサポだよ。デカくもないんだね」

「うん。身長は一七一センチ。むしろ小さい。で、レッズっていうのはどこのチーム？」

「しかも細い。こんなフィジカルでよくプロのピッチに立てたもんだね」

「キミはケンカを売りにきたのかい？」

「インタビューだよ。それからレッズというのは日本のフットボールチームさ」

「オシムが代表監督をしてる国だね」

「オシムは辞任した。とても残念なことにね。脳梗塞（のうこうそく）。不幸な発作だった。顔色はわりあいに良かったんだけど」

「どうしても僕の顔色について話がしたいんなら、これは生まれつきだよ。色白なんだ」

「白いというより、黄色いね。しかもアオい。まるでレタスの芯だ」

「うん。小さい頃よくいじめられたよ。血色が悪いって」

「どうしてそんな顔色でサッカー選手になろうと思ったんだい？」

「やっぱりケンカを売りにきたんだね」

「違うよ。ライターっていうのは原稿を売って反感を買う商売なんだ。イヤな稼業だよ」

「いまのはジョーク？　それとも愚痴？」

「警句だよ。で、どうしてサッカー選手になったのだね？　そんなフィジカルで」

「重要なのはフィジカルじゃない。顔色でもない。スピードでもパワーでもない。フットボーラーの命運を決するのはスキルだ。あるいはテクニック。わかるかい？　卓越した技巧だけが局面を打開する。あるいは正確な技術があれば、ピッチの上のどんな場所でも敵を恐れる必要はない。そういうことだよ」

「なるほど。ということは、軽くて小さいうちの国のフットボーラーも、努力すればワールドクラスになれるってことだね？」

「もちろんだ。弱くて低くて遅くても大丈夫。スキルが超絶的であれば」

「顔色が貧血のウサギみたいでも？」

「全然大丈夫。起き抜けのナメクジみたいな顔色でもスキルがあれば心配ない」

「怒らないんだね」

「うん。冷静さも僕の持ち味の一つだ」

「感心したよ。少なくともメンタルはディエゴよりずっと強い。ロナウドよりも」

「ありがとう。スキルとメンタル。フットボーラーにとっての二つの宝物だ。この二つがあればどんなハンデがあっても心配ない」

「顔がせんだみつおに似ていても？」

「もしかして、シャビの話をしてる？」

「どうしてせんだを知ってるんだ？」

「スキルとメンタル。それから、情報収集能力と洞察力。フィジカルを埋めるためには様々な要素が必要なのだよ」

「キミをバロンドールに推薦しておくよ」


（「浦和フットボール通信」２００９年10月、約１０００字）

メッシ

「やあ、リオネル」

「やあって、キミは誰だ？」

「あれ？　ディエゴから聞いてない？　ほら、ハポネスが脳内インタビューを……とか」

「知らない。ディエゴっていうのがもしうちの代表監督のことなら、あのヒトの約束を真に受けちゃダメだよ」

「これは失礼。でも、せっかくだからいくつか質問させてくれよ」

「ずうずうしいね」

「うん。迷ったら突破だって、キミのところの代表監督から教えてもらったからね」

「ははは、正解。わかってるじゃないか」

「でも、とすると、パスはいつ出すんだ？」

「パスは出すものじゃない。出るものだよ」

「気がつくとパスを出してるってこと？」

「そう。コースが見えてから出したんでは遅い。見る前に蹴る。でないとパスは通らない。特にチャンピオンズリーグでは」

「シュートは？」

「あれは神様が打たせてくれるものだよ」

「神様？　ディエゴのこと？」

「いや。監督とはマブダチらしいけど」

「じゃあ、シュートのタイミングは自分では意識してないわけ？」

「っていうか、リオネルがシュートを打つのではなくて、シュートがリオネルを導いている、と、そう考えないとダメだよ」

「つまり、すべてのプレーをシュートから逆算している、と？」

「当然だよ。バックパスもシュートの伏線。時にはボールを失うことさえ」

「えっ？　まさかキミはわざとボールをロストしてると言うつもりか？」

「違うよ。でも、ボールロストはチャンスなんだよ。テキが前に出てくるから」

「滅私奉公という言葉を知ってるかな？」

「ゴールの方向こそが、すなわちメッシの目指すところだ、くらいか？」

「ははは、全然違う。っていうか逆。おのれのエゴを殺して全体に奉仕するということ。うちの国のチームスピリッツの極意だよ」

「エゴを殺すと言ったか？」

「そう。つまり、私心を捨てるわけだよ」

「キミは何を言ってるんだ？　エゴも無いような男がどうやってシュートを打つ？」

「なるほど。最後に、うちの赤いチームの選手にアドバイスをしてくれ」

「突破だよ。囲まれたら突破。封鎖されても突破。倒されてもケズられても突破。とりあえず靭帯が切れるまでは突破だ」

「でも、誰もがキミみたいに神様に愛されてるわけじゃない。だろ？」

「だから走るんじゃないか。神は走り続ける足に宿る。アルゼンチンじゃ常識だぞ」

「ありがとう。伝えておくよ」

「キミも走れ。走らない人間の言葉は誰にも伝わらない。パスも、だ」

「了解。せめて歩くようにする」


（「浦和フットボール通信」２００９年４月、約１０００字）

FAQ

「ハロー。サムワンヒヤ?」

「おや、耳慣れないご挨拶ですねえ」

「アブセン?」

「はて? アブセン? 油小路の仙一親分をお訪ねでしたら、上方に移って、あちらで虎猫組の代貸しをやってらっしゃるという噂ですよ」

「チガイマス。ワタクシは、渡世人デワアリマセーン」

「おや、異人さんですね。いったい、外国からのお客さんが、こんな貧乏長屋に何をお探しにみえたんです?」

「ミスター長次郎はイマスカ?」

「すみませんねえ。お爺さんは、ちょっと所用で出かけてまして……」

「FAQはドコニアリマスカ?」

「はて? エフエーキューと? ちょっと待ってください。英語のわかる店子(たなこ)を呼んできますから……辰三さあん。外人のお客さんです。助けてください」

「へい。ガテンDAY。こんちはまた良いお日和でグッデイサンシャイン」

「お前さん、ＦＡＱという言葉の意味がわかりますか？」

「おっと、滅多なことを言うもんじゃありませんよ。異人さんのいる前でデカい声でそんなことを言ったら、ヘタをすると国際問題ですぜ」

「といっても、ＦＡＱは、ここにおられる旦那の方が先に言った言葉ですよ」

「するってえと、ファッキューと、そのように言いやがったんですか？　この毛〇が、言うに事欠いて」

「オー、ホワット・ア・ミーン・マン。サノバビッチ！」

「なに？　佐野のお大師さんがビーチサンダルを履いてるって？　冗談じゃねえ。ありゃ草履(ぞうり)って言うんだ」

「これこれ、辰さんや。落ち着きなさい。こちらの異人さんは、『エフ・エー・キュー』と、きちんと英語のスペルを一文字ずつ発音なさってますよ。ご親切な心遣いじゃありませんか」

「おお、ご隠居。お帰りでしたか」

「とにかく『ファッキュー』はいけません。Fuck you（↑てやんでぇこの××野郎めが）と同じ発音ですから。ＦＡＱを強いて読み下すなら、『ファーク』と発音すべきです。これなら、ヘンな誤解は生じません」

「で、その『ファーク』てのは、いったい、何です？」

「フリクエントリー・アスクト・クエスチョン（Frequently Asked Question）の頭文字略語で、直訳すると『頻繁に繰り返される質問』ということです。ほら、パソコンのマニュアルの巻末とかに付録でついてくるあれですよ。Q&A形式の愚問集。愚問愚答」

「オオ、ソレデス。ワタクシドモ　クロフネ・トレーディング・カンパニー　ハ　バクフノ　ボンクラザムライノタメニ　FAQ　ヲ　ツクロウトシテイルノデス。デ、コチラノゴインキョニ　ご協力ヲアオゴウカト……」

「おお、それは素晴らしい心がけです。おたくのような外資が参入する時には、日本市場の特殊性に鑑み、特に念入りなFAQを作成しないといけません。でないと、尊皇の攘夷のと、またぞろやっかいな連中が……」

「本当ニ致命的ナ愚問ヲ見ツケルコトト　ソレニ対スル　適切ナ名答ヲ探スコトガ　大変ニ　難シイデス」

「まず、悪い例を勉強してみたらいかがですか？　たとえば携帯電話のマニュアルに付属しているFAQは、ほとんどの場合『答えやすい質問と、それに対する宣伝臭芬々の回答集』です」

「ファッキュー」

「サンキュー」

（「ASAhIパソコン」２００３年９月、約１２００字）

マニュアル

「だからさ、『オペレーション』だなんてスカした言い方してないで、『操作』と、普通に日本語で言ってくれよ」

「なーにが『トランザクション』だよ。もったいつけてねえで、一言ズバリ『処理』って言えばすむことだろ?」

ところが、それが、そう簡単に言い切れるものではないのですよ。

「『システム』だって、『機構』『処理系』ぐらいで良いんじゃないのか?」

いや、良くないんですね。全然。

たとえば、野球用語で言う「ストライク」は、「ストライクゾーン」(打撃可能範囲)の略語であると同時に、「打撃」という行為自体でもあるのだが、スコアボードに記録される場合には「打撃意図の失敗」を意味している。で、さらに別の分野の文献の中では選手会が打つ労働争議の手段としての「ストライキ」だったりもするわけで、とすれば、こんな曖昧微妙な専門用語に、「よし」みたいなお気楽な訳語を当てはめて、事態がおさまる道理はないのである。

同様に、「システム」を「機構」などとやったら目も当てられない。「システム」は「システム」のまま、ナマで記憶していただくほかに方法がないのである。

舶来のスポーツである野球を輸入する以上、カタカナが混入する事態は避けられない。というよりも、どんな分野であれ、専門用語（テクニカルターム）込みで輸入するのでなければ、正しい普及は望めないものなのだ。

もちろん、「ドッグ」を「犬」、「キャット」を「猫」と、目前の外国語を、既存の日本語に置き換えておればそれで足りる分野の翻訳もある。

が、「イグアナ」については、「犬」に当たる大和言葉がはじめから存在しない。そんな生き物はわが国には棲息していないからだ。

で、多くのＩＴ用語は、英語をそのままカタカナに直した形で、ナマで流通している。

「マウスポインタをドラッグすることによってセレクトしたテキストは、ハイライトしている状態でドラッグすることによってカット・アンド・ペーストが可能です」

「うーんどうでしょう。フルスイングしたホームランは、やはりオーバーフェンスという意味でひとつのジャストミートですねえ」

……式の、パソコンの世界で横行しているいわゆる「ナガシマ翻訳」は、なるほどたしかに、通常の意味で言うところの良心的な翻訳ではないし、マトモな日本語ですらない。

しかし、これを単なる怠惰と決め付けるのは、早計だ。ナガシマにも三分の理。ＩＴの世界では、ヘタな訳語を当てるよりは、そのままカタカナに開いておいた方が無難なのだ。

実際、上の例文の中の「セレクト」を「選択」と訳すと、ちょっと困ったことになる。同じマニュアルの中に、「チューズ」「ピックアップ」「ポイント」という、いずれも「選択」に訳出可能な、別の概念があるからだ。しかも、それらの近接概念は、それぞれに微妙に役割が違っていて、それぞれに重要だったりする。となると「選択」は、ヘタに使うことができない。といって、チューズやポイントに、いちいち一対一対応で別の日本語を当てようとすると、別の意味で破綻（はたん）が生じることになる。

似たような例をあげると、「接続」には、「アクセス」「ログイン」「リンク」「サインアップ」「コネクト」「コンタクト」などなど、山ほど兄弟がいる。

これらの英語をすべて「接続」と訳してしまうと、どれが「アクセス」でどれが「リンク」なのか、あるいは「ログイン」がどれで、どれが「サインアップ」なのか、まるで区別がつかなくなってしまう。こういう翻訳は、読み手としては、非常に困る。「ドレミファソッソッラファドラソ」と、カタカナで書かれても歌えないよ、みたいな。

コンピュータ用語がわかりにくいのは、訳語が不適切だからというよりは、そもそも用語が含んでいる概念自体が難解だからだ。

「パラメーター」は「媒介変数」、「バーチャルメモリ」は「仮想記憶」。いずれも、翻訳したただけでわかるようなヤワな概念ではないし、早い話、「マウス」を「ねずみ」と訳したりしたらカルチャーセンターは大混乱だと、思いませんか?

「いやだあ、ねずみをつかむの?」

「それがイヤならジョイスティックを握れですって」

「きゃあああ」

サッカーの場合とて同じだ。

「おおっと、間取度王室倶楽部の別嚙選手、遊戯草地右中間から罰則対象野に向けて見事な中距離空中配球です」

「技術的には右足内側面打による高度な回転蹴球ですね。まったく素晴らしい」

「残念。示談選手による渾身の直接頭頂打はわずかに禿滑劣化して網元守護正面です」

「おや、今度は守備方が後方不正滑身守備行為で黄色警告札でしょうか」

「観客の豚鳴叫喚が壮絶ですね」

……って、こんな試合中継は、オレは御免だが、ともすると、世間(人気取りの政治家とか、わかってない新聞記者とか)は、平明率直なカタカナITの世界に、物騒な国粋を持ち込みたがる。愚かなことである。そして、くわばらくわばら、である。というのも、ことIT業界に限って言うなら、カタカナより漢字の方が胡散臭いからだ。

「当社がご提供しておりますxxxxXPにつきまして、このたび、ウィルスに対する新たな脆弱性が発見されましたことをご報告申し上げるとともに、対策として以下の……」

という文面に見覚えがないだろうか？

これは、インターネットのホームページ上で、ほとんど毎日のように公表されているソフトウェアの「脆弱性」（vulnerability）に関するレポートだ。

まあ、簡単に言えば、自社製品に関する不具合を情報公開して、欠陥の補修方法を指示しているわけだ。

殊勝な心がけじゃないかって？

違うな。冷蔵庫でもクルマでも、故障があったら、それはメーカーの責任だ。修理、弁償、リコール、返品。いずれであれ製品の不具合への対応は、メーカーの責任において行われる。原発でも、放射能漏れがあれば、責任者の首が飛ぶ。当然だ。

ところが、IT業界において、ソフトウェアの「脆弱性」は、ユーザー自らが自分の手で修理しなければならないことになっている。ここが大きな違いだ。

……もう、お気づきとは思うが、この言葉は、「初期不良」を「初期不良」と認めず「欠陥」を「欠陥」と認めないために発明された詐術ないしは責任回避だ。

「貞操に若干の脆弱性があるものの、それ以外ではおおむね良き夫として……」

てなことで、女房の追及をかわせると、ＩＴ業界のハゲタカ経営者連中は、たぶん本気でそう信じこんでいる。だからこそ、「脆弱性」「製品仕様」「使用許諾」「無料貸与」「個人情報」……と、権利や金が絡んだところでは、必ず、漢字を使って、ユーザーを幻惑しにかかるのだ。彼らは、画数の多い漢字を見ると、とたんに知能指数を半減させてしまう理系オタクの習性を熟知しているのだ。

……って、考え過ぎか？

否。ＩＴとは、考え過ぎのことだ。

（初出不明、約２７００字）

第4章

オチに注目！

書き手のアタマの中にあらかじめ「オチ」が想定されているケースがないとは言わない。しかし、そういうコラムはたいていい失敗する。なぜなら、オチから逆算して文章を構成するための技巧が、かえって文章の勢いを殺すからだ。その点、執筆の過程で軽率に思いついたオチは強い。前後に関係なく最後にカマせばそれで着地が決まるからだ。

全員野球内閣

第四次安倍改造内閣について、安倍首相は、十月二日午後の記者会見の中で、「明日の時代を切り開くための全員野球内閣だ」と説明している。

「全員野球」は、かつて野党に転落した自民党で総裁の任に就いた谷垣禎一(さだかず)氏が、党再生のためのスローガンとして掲げたことで知られる。もともとは野球の世界の言葉で、具体的には、特に高校野球の、「スターがいない」「少人数の」「公立の」「戦力の乏しい」チームの戦い方を描写する時に使われることの多かったフレーズだ。

すなわち「全員で力を合わせて地方予選を勝ち進んできたチームの、個々の選手の力量よりはメンバー相互の結束力の強さを標榜する戦術志向」を意味しているわけで、まあ、平たく言えば「弱小チームのチームワーク」を称揚した常套句(じょうとうく)だということだ。

二〇〇九年に谷垣氏が、下野したばかりの自民党の総裁としてこの言葉を持ち出した時、自民党は、相対的な立ち位置として弱小政党の立場に置かれていた。その意味で、当時の追い詰められた党にとって「全員野球」は、ほかに選択肢のない必然の戦術であったし、あの時点での特定の派閥に偏ることなく党内のすべての勢力から均等に人材を集めた人事のあり方も、その言葉の目指す理想を見事に体現していた。

ひるがえって、このたびの第四次安倍改造内閣に、「全員野球」なる形容は当てはまるだろうか。

まあ、「これといった力のある主力選手がいない」「チームを引っ張る強烈なキャラクターが欠けている」という意味では、たしかに「全員野球」だろう。無名で経験が乏しい上にロートルでもある新閣僚の顔ぶれを見るに、この内閣は全員一致で団結しないと、やっていけないはずだ。その意味で、全員野球は、目標である以上に、この内閣の宿命であると申し上げて良い。

ただ、この内閣が、党内の人材からの選りすぐりなのかというと、その点では大いに疑問が残る。というのも、自民党にはもっと有能な人材が山ほど眠っていると思うからだ。

さて、新政権が発足するや、いきなり暴投を犯す選手が現れる。

文部科学大臣に就任した柴山昌彦氏が、就任会見の中で教育勅語(ちょくご)について、「いまの道徳などに使える分野があり、普遍性がある」などと発言して、いきなり炎上を招いているのだ。

教育勅語の中で列挙されている徳目が、単独のメッセージとして現代に通じる普遍的な道徳律を含んでいることがその通りだとしても、問題は、その部分ではない。教育勅語が教材として否定され現場から排除された理由は、それが単なる徳目としてではなく、「天皇の発言」として強要された過去のいきさつと、最終的に勅語が「天皇のために命を捧げること」を最高度の道徳として称揚している点にある。つまり、個人の人権や自由よりも、個々の臣民の挺身（ていしん）の対象たる天皇ならびに国体の価値を上位に置いている勅語は、その根本理念からして民主主義思想と対立しているということだ。こんなことはいまさら誰が指摘するまでもなく、戦後社会の大前提である。

いずれにせよ、教育を司る立場の大臣が、就任当日の会見でこんな妄言を吐くようでは、全員野球は、とてもではないが実現できないだろう。

個人的には、全員お灸で反省して、よろしく出直してほしいと思っている。

（「日経ビジネス」２０１８年10月、約１３００字）

生レバー

テレビを見ていて、うす気味の悪いニュースに遭遇した。

報道の内容が間違っていたというのではない。扱いの大きさが不適切だったというお話だ。

伝えられていたのは、京都の焼肉店で、違法な牛の生レバーが客に提供された事件だ。

府警の捜査の結果、食品衛生法違反の疑いで逮捕された経営者らは、いずれも容疑を認め、

「客からの要望も多く、店の営業方針として牛の生レバーを提供していた」

と供述しているという。

私が見たさる民放局の夜のニュースは、このなんということもない食品衛生法違反事案を、社会ニューストップで報じていた。

「次は驚愕の手口、裏メニューで提供された牛の生レバーです」

と、CMをはさんで予告された件のニュースは、約三分に及ぶ長尺だった。

画面では、CGを駆使した再現VTRで、以下のような「驚愕の手口」が説明されている。

・犯行は、店ぐるみ。店員同士が無線で交信し、捜査関係者でないことを確認する
・見込み客に、牛の生レバーが掲載された「裏メニュー」を提示して、注文を勧誘する
・牛の生レバーは傷(いた)みやすいので三十分以内に撤去する旨を、あらかじめ客に説明する
・客が、三十分以内に食べ終わっていない場合は、無償で新しい牛の生レバーと交換する
……このVTRの作り方は「危険ドラッグ」販売のハーブ店が摘発された時のフォーマットそのままじゃないか、と、液晶画面を眺めながら私は、静かな恐怖を感じはじめていた。

VTR明けでキャスターとコメンテーターが感想を述べる。

「びっくりしましたね」

「ええ、なんとも手の込んだやりくちですね」

たしかに、念の入った接客マナーではある。

が、誤解を恐れずに言うなら、店の接客は、三十分で未食の生レバーを新品と交換する点など、ある意味では、良心的といっても良かったのではなかろうか。

無論、違法は違法だ。良いことであるはずがない。が、当件は、少なくとも、覚せい剤の密売や、路上での大麻樹脂取り引きとは、別次元の犯罪だ。

しかし、メディアは、警察に気を遣っているのか、単なる無神経のゆえなのか、「違法」

という一点での同一性をもって、生レバー提供とコカインの密売を同じ基準で伝えてしまう。

私が「恐怖」を感じるのは、ここに垣間見えている、ニュース制作現場の想像力の欠如（具体的には、「事件の重大性を勘案する感覚の希薄さ」と、「コトの善悪を推量する常識の欠落」）に対してだ。

おそらく、こんな調子でニュース映像を制作してしまうことのできるスタッフは、特定秘密保護法違反の「容疑者」についても、同じような重罪扱いのＶＴＲを制作、放映して恥じないだろうし、警察なり公安がマークしている人物が相手なら、よくある道路交通法違反でも同じニュアンスの重罪摘発物語のＶＴＲを作るかもしれない。

この危険さは、生レバーどころではない。

というのも、警察リークの情報を無批判に垂れ流してしまうテレビニュース制作現場は、ジャーナリストとしての「肝」を失ってしまっているからだ。

気をつけよう。生レバーを持っていない記者は、平気で他人を悪党に仕立てあげるぞ。

以上、肝が冷える話でした。

（「DIME」２０１４年10月、約１３００字）

清原和博氏へ

元プロ野球選手・清原和博氏の薬物使用疑惑が取り沙汰されている。いまのところ、真相は謎だ（※1）。

肝心なのは、しかし、真相ではない。デスクが注目しているのは、清原という野球人の読者吸引力だ。この人は、何をやっても、何をやらなくても、常に一定の注目を集めることができる。つまり、「良いネタ」なのだ。

桑田真澄氏とセットだとなお良い。この二人のいわゆる「KK」コンビに関しては、はるか昔、フジテレビ系で放映されていた「プロ野球ニュース」という番組が「KKウォッチング」というルーキー企画を、丸一年にわたって放送し続けたことがある。新規情報の有無にかかわらず、毎日、必ず、だ。それだけ「良いネタ」だったということだ。以来、彼らは、国民的なストーキングの対象になった。

彼らについては、仲間・親友・相棒としての共通項が回顧される一方で、双方の資質の違いが強調されることになっている。で、動と静、力と技、天性と努力、放埒（ほうらつ）と節制、天衣無縫と用意周到、豪放と細心……てな調子で両極端に描写されたキャラクターは、清原和博氏のケースでは、「キヨマー」「所沢の種馬」「番長」「だんじりファイター」「ダボパンスラッガー」と、徐々にプロレスじみた劇場型の方向に結実し、対する桑田氏の場合、「野球の申し子」から「投げる不動産屋」を経て「考える精密機械」くらいな変遷を経て現在にいたっている。ちなみに、「フライデー」が清原氏の日記という想定で連載していた「番長日記」なる架空の手記は、「ワイ」という、本人が一度も口にしたことのない一人称で書かれている。要するに、スポーツメディアはこの人たちをおもちゃにしてきたのである。

そんなわけなので、私は、清原氏に関する昨今の報道は、そもそも、この三月十三日に、桑田真澄氏が、東京大学大学院総合文化研究科の大学院研究生に合格したというニュースをより劇的に演出するべく開始された企画だったのではなかろうかと考えている。書かれている内容の真偽もさることながら、なにより、そのドラマ性があまりにも対照的だからだ。

桑田氏のニュースでは複数の新聞・雑誌が「最高学府で野球フォームの研究を……」という表現を使っている。

ご存知の通り、辞書的な意味では、「最高学府」は、単に大学一般を指す。東大ならびにその大学院の意味でこの言葉を使う用法は誤用とされている。が、スポーツ新聞は、あえてこの誤用を押し通している。なぜか。誤用の方が劇的だし、わかりやすいし、読者の学歴信仰（あるいは反発）をより強く刺激するからだ。

ＫＫは、例によって誇張されている。だから、桑田氏をインテリ方面のキャラとして造形するためには、清原のヤンキーらしさをより先鋭的なカタチで強調しなければならなかった。結局、そういうことなのだ。

痛ましいのは、ある時期から、清原氏自身が、メディアの誇張をなぞるカタチでその人格を変容させてきているように見えることだ。「男気ジャンケン」（※2）の「番長」は、カメラが煽（あお）るままのキャラを演じながら、ついには、自らの身に刺青を刻んでしまった。

な、清原よ。目を覚ませ。ヒマはマヒで、クスリはリスクだけど、報道は同胞なんかじゃないぞ。


（「日経ビジネス」２０１４年４月、約１３００字）

※1　二〇一六年二月に覚醒剤を所持していたとして、現行犯逮捕された。
※2　バラエティ番組「とんねるずのみなさんのおかげでした」の企画。清原氏が出演していた。

大阪府警

新聞各紙の伝えるところによれば、大阪府警の全六五署が過去五年間の街頭犯罪などの認知件数約八万一〇〇〇件を計上せず、過少報告していたことが判明した。これを受けて府警では、幹部を含む二八〇名の処分および業務指導を決めたのだそうだ。

大阪府の街頭犯罪認知件数は、長らく「全国ワースト一位」だった。で、府警は、この不名誉な称号を返上するべく努力していたわけなのだが、結果を見るに、彼らの「努力」は、犯罪を減らすことよりも、自分たちが扱った犯罪の件数をごまかす方向に向けて発揮されていたことになる。

なんという本末転倒だろうか。

よく似た話がある。『ベスト&ブライテスト』という三十五年ほど前のベストセラー書籍の中で紹介されていたエピソードだ。ちなみに『ベスト&ブライテスト』は、一九六〇年代のアメリカで国防長官の任にあったロバート・マクナマラをはじめとする「最も聡明で輝かしい天才」たちが、いかにして誤った政策を選択し、米国をベトナム戦争の泥沼に引きずり込んでいったのかを活写した、ニュー・ジャーナリズムを代表する記念碑的な傑作だ。夏休みに時間のとれる向きは、ぜひ読んでみてほしい。

さて、数学の天才であったマクナマラは、前線に散開する小隊の活動を、作戦行動ごとに詳細に評価するプログラムを作成した。その成績評価のインセンティブによって、米軍全体のパフォーマンスを最適化しようと考えたわけだ。ところが、彼の立案したプランは、現実には、高評価を欲する現場の小隊が、ウソの報告書を上げる行動として結実したために、作戦司令部の戦況分析を狂わせる結果を招いた。

マクナマラは、政権入りする前、フォード自動車の幹部であった時代にも、ほぼ同じ失敗をしている。彼は、生産過程の各部分に滞留して効率を損ねていた過剰在庫をスリム化するべく、一定期間ごとに工場の在庫部品をチェックし、工場長の成績を、その在庫量に応じて評価する人事評価システムを発案したのだが、工員たちは、検査前になると、当然のように、在庫部品を川に捨てたのである。

犯罪の件数を過少報告した府警の警察官の態度はもちろん言語道断だ。が、彼らが責められるのであれば、街頭犯罪の発生件数でなく「認知件数」に注目し、それを「ワースト一位」という言い方で煽ってきたメディアの責任も、問われなければならないはずだ。

というのも、この設定（つまり「認知件数」で「ワースト」を判定する態度）だと、現場の警察官が精勤に励めば励むほど犯罪認知件数が上昇し、「ワースト一位返上」を目指す府警にしてみれば、仕事をすればするだけ評価が下がることになってしまうからだ。

それ以前に、そもそも、犯罪が発生したことの責任を警察に帰する立論自体が、理不尽だと言えば言える。

警察は、基本的には、起こってしまった犯罪を捜査解決するための機関であって、犯罪の温床となっている社会状況を改善する権能を持たされている組織ではない。犯罪の発生を防ぎ、その根を断つ仕事は、警察よりは、どちらかといえば政治（あるいは福祉や教育や社会保障）に責任を求めるべき課題であるはずだ。

《難波江の　夜明けは遠し　深え闇》という感じですね（笑）。

（「日経ビジネス」2014年8月、約1300字）

諸刃のフェイク

過激派組織「イスラム国」（ＩＳＩＳ）による人質殺害事件（※1）を受けて、テレビの世界では不可思議な「自粛」が広がっている。フジテレビは、一月二十四日に予定されていた「暗殺教室」の第三話の放送を見送った。なんでも登場人物がナイフを振り回すシーンがあることから情勢に配慮したということらしい。テレビ朝日の「ミュージックステーション」では、「KAT-TUN」が歌うはずだった「Dead or Alive」を別曲に変更し、ロックバンド「凛として時雨」の歌詞の中にある「諸刃のナイフ」を「諸刃のフェイク」に差し替えた。さらに、日本テレビの「笑点」では、コントの内容(不明)を別ネタに差し替え、ＣＭの世界でも、「toto BIG」のテレビＣＭ（「ゴトウ」と「締切迫る」との言葉があるため）の露出を自粛したという。

バカな話だ。誰のための「配慮」で、何のための「自粛」であるのかを考えれば事情は明らかで、結局のところ、彼らは、やってくるかもしれない苦情に対して、あらかじめの撤退をキメてみせたに過ぎない。

その一方で、報道番組では、ＩＳＩＳ側がネット動画サイトに投稿した動画や画像を繰り返し再生し続けた。

これ（テレビ局が犯人側提供の映像を無批判に使用すること）については、一人目の人質である湯川遥菜さんの殺害が明らかになったあたりから、ネット上で、疑問の声があがりはじめた。理由は、ＩＳＩＳの主張を含んだメッセージを流すことや、テロリストが対立する世界の人民に恐怖と衝撃を与える目的で流出させている画像を放送電波に乗せることは、マスメディアが犯罪者のプロパガンダに利用される可能性を含んでいるからだ。

ＣＮＮやＢＢＣなどの海外メディアは、ごく初期の段階を除いて、犯人側提供の画像を放送で使っていない。ＢＢＣでは「われわれは、ＩＳのビデオを流しません」と断った上でレポートをしていた。ＣＮＮも、「自分たちは静止画であるかビデオであるかを問わず、プロパガンダになるような映像を流さないことにした」ということを明言した上で、その判断について編集責任者が実際に画面に顔を出して、その旨を説明している。

ところが、日本のメディアは、プライムタイムのニュースショーでも脅迫的な画像や、犯人側の身勝手な要求を含んだ映像をそのまま放送し続けている。

結局、「おいしい映像」や「食いつきの良い絵」は、多少リスクがあっても使うということだ。あるいは、テレビ局は、ネット発の無料映像に対しては、どこまでも意地汚く振る舞うということなのかもしれない。

こんな調子でプロパガンダに乗るリスクを冒（おか）している一方で、彼らは、他愛の無い流行歌の歌詞や、マニア向けの深夜アニメの絵柄のような、誰に被害が及ぶのか見当もつかないネタでは、盛大に「自粛」を展開している。

つまるところ、テレビ各社が今回の事態でやって見せた各種の自粛は、「ごらんの通り、われわれは、視聴者の皆様に配慮しています」という、世にも白々しいプロパガンダ（広報活動）だったということだ。

結論を述べる。

「諸刃のフェイク」という言い換えが示唆していた通り、彼らは、二重の意味で「フェイク」（←偽物）だった。

（「日経ビジネス」２０１５年２月、約１３００字）

※１　二〇一五年一月に、ＩＳＩＳに拘束されていた湯川遥菜氏と後藤健二氏が殺害された事件。

Ittaika

これはツイッターから拾ってきたネタなのだが、なんでも外務省が発表している英文のホームページでは、このたびの安保法制の審議（※1）の中でしきりに議論されている「武力行使との一体化」というフレーズに、"ittaika"という和製英語（むしろ「英製和語」かも）を当てているのだという。

まさかと思って見にいってみると、あらまあびっくり本当に使われている。

『…the issue of "ittaika with the use of force" (forming an "integral part" of the use of force)』と、外務省の担当者は、わざわざカッコ内で注釈を加えたりしつつ、この苦しい謎用語をつごう六回も繰り返している。

ちなみに、文書中の、この言葉が出てくるパートのタイトルは、

『(1) So-called Logistics Support and "Ittaika with the Use of Force"』

である。無理矢理に翻訳すれば「いわゆる後方支援および武力行使とのイッタイカ」くらいになる。

ここに出てくる「ロジスティックス・サポート」も、一般的な訳語は、「兵站（へいたん）」だ。そして、世界中どこの国でも、「ロジスティックス・サポート」は「戦闘行為」を意味して

いる。

ところが、これが政府の翻訳を通すと「後方支援」になる。で、「後方支援」は「戦闘行為」ではないという。

奇妙な話だ。

外務省が国際社会に向けて発表している英文の文書では、「ロジスティックス・サポート」という言葉で説明されている同じ行為が、国内向けの日本語の文書では「後方支援」という別の概念に置き換えられていることになる。

「一体化」の周辺事情はさらにひどい。国際社会に向けてそのまま"integral part of the use of force"という言葉を使うと、自衛隊が海外で武力行使を伴う活動をするつもりでいる旨があからさまになってしまう。そのことを、外務省のお役人は、恐れたのだと思う。そこで彼らは、"ittaika"という、日本語でも英語でもない魔法みたいな外交用語を発明することで、この難局をしのいだわけだ。

ある意味で見事な言語運営能力だ。もしかしたら、役人という人たちは、国際社会向けのプレスリリースと、国内向けの説明文書において、これまで、ずっと長い間、英語と日本語のニュアンスの違いを利用しつつ、われわれをたぶらかしてきたのかもしれない。

ただ、二十一世紀の日本人は、昭和の日本人とは違う。多少英語がわかるようになっている。そうでなくても“ittaika”なんていうオモテナシ英語を使われると、普通のアタマを持った人間は、いやでも裏を読みたくなる。

今後の官製英作文で注目しているのは、安倍首相によるいわゆる「戦後七十年談話」が、どんなふうに英訳されるのかだ。慣例では、たとえば「村山談話」の場合“Statement by Prime Minister Tomiichi Murayama”というふうに、「ステートメント」という言葉が使われる。ただ、今回の七十年談話は、中韓に配慮して閣議決定を通さないことがすでに決まっている（※2）。とすると「ステートメント」は、いかにも重い。外務省としては、より軽めの英語を使いたいはずだ。アベトーク。アベズ・ケアエス・ウィスパー。アベ・コメント。安倍の声明。アベ・ツイート。あるいは、そのままローマ字に開いて“Abe Danwa”だろうか。

本当にそう訳したら、尊敬する。

（「日経ビジネス」２０１５年７月、約１２００字）

※１　第三次安倍内閣が二〇一五年五月に提出した平和安全法制関連二法案に関連する審議。
※２　その後、二〇一五年八月、臨時閣議による決定を通して戦後七十年談話が発表された。

ＵＳＪ

ユニバーサル・スタジオ・ジャパン（ＵＳＪ）を運営するユー・エス・ジェイが五月十一日、沖縄県に新しいテーマパークを造る計画を取りやめたことがわかった。なるほど。私は、アミューズメント業界に詳しい人間でもなければ観光の専門家でもない。が、沖縄にテーマパーク型のアミューズメント施設を誘致する計画が無理筋であることくらいはわかる。だから、計画が発表された当初から、私は、この誘致話をバカにしてきた。

自分の明察を誇るためにこんな話を蒸し返しているのではない。特に明敏だったり慧眼だったりしなくても、普通の大人ならこの程度のことはわかるというだけの話だ。

にもかかわらず、優秀な知能を持っているはずの政府の偉い人たちが、よってたかって、商売になりっこない遊園地誘致に血道をあげていたのは、結局のところ、彼らが追い詰められていたからだ。つまり、政府の関係者は、普天間基地の辺野古移転をめぐって、こじれてしまった沖縄の県民感情をなだめるネタを探すことに必死なあまり、判断力が低下していたのだ。

そもそもディズニーランドやＵＳＪのような人造の娯楽施設は、近隣に大きな人口の大都市を持っていないと成立しない。というのも、大掛かりなライド（乗り物）や、べらぼうなコストをかけたアトラクションで非日常を演出するタイプのテーマパークを維持するためには、リピーターを含めた巨大な集客が必要で、そのためには、クルマで三十分程度の地域に数百万単位の人口を備えた大都市が立地していることが不可欠な条件だからだ。

もっとも、ＵＳＪを沖縄観光の目玉として掲げることで、内外からの観光客が五倍増することにでもなれば、パークを黒字運営で回していくことも、あながち不可能な話ではなくなる。が、ＵＳＪは、政府の強烈なプッシュと支援の約束を振り切って、開業を断念した。

なぜか？　遊園地の魅力で海の向こうの観光客を誘引することが不可能であることに、その道のプロである彼らが、気づかないはずがなかったからだ。

しかも、テーマパークが提供する人工的な娯楽は、沖縄にもともとある観光資源（サンゴ礁の海とヤンバルの森）と相性が良くない。

とすれば、沖縄にＵＳＪという観光プランは、麻雀で言えばチャンタとピンフを同時に狙うみたいな虻蜂（あぶはち）取らずの結果に終わる……というのは、麻雀を知らない人にはわかりにくい例え話だったかもしれない。つまり、沖縄にテーマパークを立地する観光戦略は、観光客の側から見ると、寿司屋でキムチを出されるみたいな、チグハグな経験になるはずだということだ。

政府が辺野古への基地の強行移転を埋め合わせるべく、あれこれと苦慮している一方で、アメリカでは大統領選挙が粛々と進んでいる。

選挙の結果、次期大統領の座がトランプの手に落ちた場合、移転どころか、沖縄の基地そのものが無くなる可能性が出てくる。

でもって、五年もたてば、日本がまるごとアメリカの属州になっている未来だって来ないとは言い切れない。

で、私たちの特別自治州の名前はＵＳＪ（ユナイテッド・ステイツ・オブ・ジャパン）てなことになっている。

うん。ちょっとカッコいい。

（「日経ビジネス」２０１６年５月、約１３００字）

下町ボブスレー

平昌冬季五輪の開幕が目前に迫った二月五日、大田区の町工場が中心となって国産のそりを開発する「下町ボブスレー」のプロジェクト推進委員会（下町ＰＪ）が、ジャマイカボブスレースケルトン連盟（ジャマイカ連盟）から、今回の五輪で、無償提供をするはずになっていた下町ボブスレーのそりについて、使わないとの通告があったことを明らかにした。下町ＰＪは、契約中のジャマイカボブスレーチームが平昌五輪で自分たちのそりを使用しなかった場合、ジャマイカ連盟に対し開発・貸与の契約解除と損害賠償請求の法的措置を取ると予告した旨を、自身のホームページ上に公開している。

その後の報道で判明したところを総合するに、「下町ボブスレー」が五輪直前になって使用中止に追い込まれたのは、必ずしも寝耳に水の出来事だったわけではない。

まず、五輪出場を決する前哨戦のワールドカップでトラブルがあった。配達の遅延から、下町ＰＪのボブスレーが現場に届かなかったのだ。結局、ジャマイカ女子チームはラトビア製のそりでレースに臨んで、五輪出場の権利を獲得したわけなのだが、ジャマイカ連盟の話では、この時の結果から、ラトビア製のそりの方が二秒ほど速かったことが判明したのだという。

五輪の直前には、下町ボブスレーがレギュレーション違反で失格となる事件も起こっている。下町ＰＪの説明ではこの失格は修正可能な問題なのだそうだが、それにしても、納期に間に合わなかったり、レギュレーションを守れていなかったり、なによりも、肝心要のタイムでライバルに遅れをとっている機材を、五輪で戦うチームが使わないのは、普通に考えて当然の判断だろう。こういう場面で、無償提供を申し出ていたそりの製造元が、アスリートに対して訴訟の可能性をチラつかせるのは、いかにも無粋に見える。

昨今のネット言論の傾向では、ひとたびケチのついた人物なり組織については、徹底的な粗探しが行われるのが通例となっている。果たせるかな、この「下町ボブスレー」に関しても、公式ツイッターアカウントが、平昌五輪に関する韓国の不手際を揶揄嘲笑するような書き込みを繰り返していたことなど、いくつかかんばしからざる評判がほじくり返されている。

思うに、一部のネットユーザーが躍起になって下町ＰＪの悪評を発掘しにかかった背景には、このいかにも条件の揃い過ぎた「美談」への反発があったはずだ。実際、「下町ボブスレー」は、ＮＨＫをはじめとするテレビ各局の番組で繰り返し紹介され、航空会社のタイアップ企画として採用され、道徳の教科書に掲載され、果ては、安倍総理の施政方針演説の中で日本の「ものづくり」を見直すエピソードのひとつとして取り上げられている。もう、おなかいっぱいという感じだ。

私見を述べるなら、そもそも、大田区は下町ではない。それをあえて「下町」と呼んだのは、庶民性をアピールして、テレビ視聴者の判官びいきを刺激しようとする意図があったからなのだろうと考えざるを得ない。

「下町」の工場のおじさんたちは、コンサルや代理店が用意したストーリーにハメこまれた点で、ある意味、被害者なのかもしれない。

まあ、下心ボブスレーがスベったのだと思ってあきらめてください。

（「日経ビジネス」２０１８年2月、約１３００字）

第5章

裏を見る眼

あるタイプのコラムは「視点」の置き場所を発見できれば、それだけで完成に持っていくことができる。ついでにタネを明かせば「視点」の構文は「If~then(もしも~だったら)」でできあがっている。「もしもフーテンの寅が女性だったら」「もしも外科医のアルバイトが板前だったら」。設定は突飛なほうが良いかもしれない。奇天烈な設定をもっともらしく着地させる技巧が、すなわちコラムだと言っても良い。ウソだが。

ノロ・ウィルス

ノロ・ウィルス感染のニュースが続いている。浜松市では、この一月、給食のパンが感染源と見られる集団感染が発生し、一〇〇〇人以上の児童が下痢や嘔吐(おうと)の症状を訴えた。

二十二日には、京都の病院で昨年の十二月に集団感染が発生していたことが発覚した。京都の例では、患者や職員など一〇一人が下痢や嘔吐の症状を訴え、高齢の患者四名が死亡している。

学校や病院のような施設で、一人でも患者が出ると、二次感染を防ぐのは容易なことではないようだ。

ネット上に告知されている感染対策ページを見ていると、それだけで暗い気持ちになってくる。

ノロウィルスは、抗生物質が効かない。有効なワクチンも未開発だ。ということは、感染した場合、治療法は事実上無いに等しい。しかも、患者が排出する下痢便や嘔吐物に含まれるウィルスは、熱でも石鹸でもアルコール消毒でも根絶することができない。

塩素系の殺菌剤を使えば退治することは可能なのだが、この種の殺菌剤は人体に直接使用することができない。

実にやっかいな相手だ。

十年ほど前（↑二〇〇三年）にSARS（重症急性呼吸器症候群）の流行が騒がれた頃、ショッピングモールの出入口には、手指消毒用のアルコールスプレーが置かれるようになった。

それが、SARSの流行が一段落してもそのままになっている。というのも、SARSが去っても、鳥インフルエンザや、ノロウィルスや、新型インフルエンザなど、冬が来るたびに、毎年のように恐ろしいウィルスの上陸が喧伝される事態が続いているからだ。

やっかいな時代になったものだ。

もちろん、用心するに越したことはないし、感染リスクはできる限り低い水準に抑えるべきものだ。

が、どんなに入念な対策を打ったところで、リスクをゼロにすることはできない。また、リスクがゼロでないからといって、そのことでただちにわれわれの生命や社会が危機に瀕（ひん）すると決まっているものでもない。

マクベス夫人のように脅迫的に手を洗い続けたところで、リスクは、洗い終わった手の上にすでに付着している。

私見を述べるなら、私は、むしろ、ゼロリスクを志向する過剰な警戒心が、世間の空気を窮屈にする効果に対して、より強い憂慮の念を抱いている。

実際、外出をリスクととらえ、他者を感染源と見なすテの排外的な衛生思想は、対ウィルスに限らず、様々な生活の場面で顕在化しつつある。

さきごろ、インターネット上で、「泣きながら歩いている幼女に声をかけるべきかどうか」という問いが話題になっていた。どういうことなのかというとつまり「へたに声をかけて、変質者と認定されるリスク」を考慮せねばならないということらしい。

まさかと思うかもしれないが、逮捕リスクを恐れてあえて声をかけないと答える人々が、少なくともネット内では、多数派だったりするのである。

でもって、子供を持つ親たちの中にも、

「親切そうな人でも、何をたくらんでいるかわからないから、声をかけられたら大きな声をあげなさい」

と教えている例が少なくない。

なるほど。われわれは、万人が万人にとってウィルスである社会を作ろうとしているのかもしれない。


（「日経ビジネス」２０１４年１月、約１３００字）

『万引き家族』

ちょっと前の話題になるが、是枝裕和監督の映画『万引き家族』が、二〇一八年のカンヌ国際映画祭で、最高賞の「パルム・ドール」を獲得した。

今回は、この話題を「ちょっと前の話題」にさせてしまっているわが国の不可解な現状について考えてみたい。

昨今の風潮からすると、日本人が何らかの国際的な名誉にあずかった場合は、過剰なほどに騒ぐのが通例だ。

ところが、今回の是枝監督のパルム・ドール受賞への反応は、たとえば羽生結弦選手の金メダル獲得や、カズオ・イシグロ氏のノーベル文学賞受賞時の大騒ぎと比べて、明らかに控えめに見える。

たとえば、カズオ・イシグロ氏のノーベル賞は快挙には違いないが、彼自身は英国籍の作家だ。受賞の対象となった小説作品も英語で書かれている。それでも、われわれは、なんとかして栄光のおこぼれにあずかろうと、イシグロ氏と日本の接点をあれこれ見つけ出しては、快哉を叫んでいた。

引き比べて是枝氏は、血統・国籍ともに生粋の日本人であり、受賞した作品のテーマもモロに現代日本の家族を正面に据えたものだ。これを祝福せずに何を祝福するというのだろうか。

おそらく、今回のパルム・ドールを各メディアがあまり熱心に報じない理由のひとつには、受賞した『万引き家族』が、日本社会の現状をネガティブに描いた作品だとの予断がある。要するに、日本の現状を否定的に描写している映画を無条件で持ち上げるのは具合が悪いと考えたということだ。

官邸筋の態度も同様だ。

これまで、羽生選手の金メダルや、日本人のノーベル賞受賞には直接電話をかけたり官邸に招いてひとつの写真に収まってみせるなど、祝福と宣伝にこれつとめていた安倍首相も、今回の是枝監督の快挙には表立った反応を示していない。この冷淡な対応は、たとえばフランスの日刊紙「フィガロ」が「日本政府にとっての窮地・困惑」というタイトルの記事でネタにしているほどなのだが、その記事についても、官邸筋は無言を貫いている。

実は、一般の反応もあまりかんばしくない。ネット上の掲示板やSNSには、当然のことながら、パルム・ドールの受賞を喜ぶ声が溢れているのだが、その賞賛の声に劣らぬ数の非難の書き込みが殺到しているのもまた事実で、要するにネット内に盤踞(ばんきょ)する愛国者の皆さんは、「万引きによって生計を立てる家族」という、日本社会の豊かさと日本人のモラルの高さという国際的な評価を傷付けているかに見えるテーマそのものが、お気に召さないようなのだ。

私自身は、この映画をまだ見ていない。ただ、いくつか届いてくる評判を聞く限り、『万引き家族』は必ずしも日本の現状を告発したり現代日本人のモラルの低下を訴えるために制作された映画ではない。むしろ、家族の絆を描くにあたっての道具立てに「万引き」というネタを利用しただけで、作品のテーマそのものは、あくまでも「家族」の姿だ。その意味では「反日」という批判は当たらない。

映画は、六月八日から全国公開される。

ぜひ興行的にも成功してほしい。

もし仮に、われわれの国が「ニッポン」を持ち上げていない映画の存在を許さない場所になってしまっているのだとしたら、その状況こそが日本の恥であり、われわれは魂を盗み取られた国民だという話になると思う。

（「日経ビジネス」２０１８年６月、約１３００字）

サマータイム

二〇二〇年の東京オリンピック・パラリンピックでの暑さ対策として、政府がサマータイム（夏時間）の導入を検討している。

普通に考えて、サマータイムは暑さ対策とは別の施策だ。日中の暑さを回避したいのなら、各競技の実施時間を調整すれば良い。マラソンのスタート時間を早めるためには、スターターが早めにスターティングガンを撃つだけで足りる。なにも日本中の人間の時計を二時間進める理由はないし、そのために電車のダイヤから出退勤のタイムカードからテレビの放送プログラムにいたるまでのあらゆるクロックをまるごと改変する必要もない。こんなことは、政府の人間だってわかっているはずだ。

彼らが五輪にかこつけてサマータイムを導入せんとしている狙いは、二週間で終わるイベントのための暑さ対策ではない。当然、別のところにある。

朝日新聞は八月四、五日の両日に実施した世論調査の中で、サマータイムについての質問項目を加えている。

『2020年の東京オリンピック・パラリンピックの暑さ対策についてうかがいます。大会組織委員会は、気温の低い早朝を有効に使うため、日本全体で夏の間だけ時計を2時間進める「サマータイム」の導入を提案しています。あなたはこの案に賛成ですか。反対ですか。』

というのがその質問の全文だ。これが発表されるや、多少とも統計学にかかわりのある研究者は、一斉に「あからさまな誘導だ」と騒ぎ出している。それもそのはず、この質問文が説明しているのは「サマータイム」の利点だけで、デメリットについてはなにひとつ言及していない。導入の理由も「暑さ対策についてうかがいます」と示唆しているのみだ。

朝日新聞はサマータイムを後押しする動機を持っているのだろうか。

さてしかし麻生副総理は、朝日新聞を攻撃している。戦後すぐに導入されながら四年で廃止された昭和のサマータイムの頓挫(とんざ)の原因を朝日新聞のせいにしているのだ。副総理は十五日、閣議後の記者会見で、記者団に、

「最大の原因は、新聞記者が明るい最中だと飲みに行きにくいから。それが事実だろ?」

と言っている。意図がわからない。

菅官房長官は、サマータイム検討の第一報のすぐ後に、導入による混乱を懸念する旨の談話を残している。ところが、その後すぐ安倍首相は一転してサマータイムに前向きな姿勢を示唆している。この間の各方面の対応を観察していると、政府首脳どころか自民党内

にさえ、定まった見解が形成されていないことが明らかに見て取れる。

でもまあ、観測気球やらビーンボールやらが飛び交う中、事態はバタバタと進行しつつあるわけで、もしかしたら、この種の混乱やドタバタ自体が、新制度導入に向けたワクワク感の演出だということなのかもしれない。

とにかく、サマータイム推進論者の狙いが暑さ対策ではないことだけは、この場を借りて断言しておきたい。彼らの真意は、全国民強制早起き&ビジネスパーソン早期退社による消費喚起ならびに労働強化（「生産性向上」と呼んであげてもよい）の実現にある。

その証拠に言い出しっぺの森元総理は夏時間の説明の中で、「レガシー」という言葉を使っている。なお、「レガシー」の訳語には、森さんの「最後っ屁」を推奨しておきたい。


（「日経ビジネス」2018年8月、約1300字）

医学部入試

順天堂大学が医学部医学科の入試で女子や浪人生に一律不利な扱いをしていた旨を認め、その不適切入試の経緯を説明するべく記者会見を開いた。

会見の中で新井一（はじめ）学長は、小論文、面接試験の点数（一・〇～五・四点）で合否を決める際の基準点について、女子を男子より〇・五点高くしていたという、不可解な説明をしている。要するに、女子は男子より高い点数を取らないと合格できなかったわけで、実質的には一律に減点していたことになる。

女子の受験生に不利な合否判定を採用していた理由について、大学側は、「大学受験時点では女子の方がコミュニケーション能力が高い傾向にあり、判定の公平性を確保するために男女間の差を補正したつもりだった」

というさらに奇妙奇天烈（きてれつ）な解説を展開している。つまり「能力が高いことを理由に減点」していたわけで、入学試験の意義の完全否定に聞こえる。こんなバカな話があるだろうか。

百歩譲って、入試時点の成熟度に男女差があるという大学側の説明をそのまま認めるのだとしても、そんなことが入試の公平性を放棄して良い理由になるはずもない。当たり前の話だ。

それに、性別で合否に差をつけるのであれば、その旨を受験生に対してあらかじめ告知していなければいけない。そうでないと入試の透明性が担保できない。これまた当然の前提だ。

かくのごとく、順大の会見は、一から十までお粗末だったわけなのだが、それにしても不思議なのは、彼らが、なんでまたこれほどまでに稚拙（ちせつ）な弁解を並べなければならなかったのかだ。

普通に考えれば、誰にでもわかることだが、順大が性別によって合否の判定基準に差をつけたのは、男子学生をより多く確保したかったからだ。その理由も、多くの現役の医師が異口同音に指摘している通り、必ずしも女性蔑視（べっし）や差別意識ではない。むしろ、経営的な判断によるものだ。

どういうことなのかというと、医学部医学科出身の医師を雇用することになる大学病院にとって、妊娠や出産を理由に予測不能の職場離脱をするリスクのある女性医師の増加は、ただでさえ過酷な医療現場の人員配置シフトを、より危機的な状況に追い込むということだ。結局のところ、慢性的な医師不足に苦しむ大学病院は、過酷な勤務に耐え得る若い独身の男性医師を求めているのである。

これはこれで、現場の声として切実なものだと思う。順大は、なぜこの本当の理由を言わなかったのだろう。

あるいは、彼らは、本当のことを言ってしまうと、大学病院の勤務実態が若い独身の医師たちの過酷なブラック労働で支えられていることを公然化する結果になると考えて、そのことをむしろ恐れたのではなかろうか。

個人的には、大学病院のブラック労働実態を認めることになるのだとしても、「女子はコミュ力が高いから減点」みたいな女性差別にしか聞こえない弁解を並べるよりはずっとマシだったと思うのだが、順大や東京医大のような大学病院をかかえる医大は、それでもなお現実を直視しない。

もしかして、彼らがあえて女性差別の汚名を着てまで、医療現場のブラック労働実態を隠蔽（いんぺい）せんとしているのは、医大の意思であるよりは、厚生労働省や医師会の使嗾（しそう）によるものなのであろうか。だとすると、闇はさらに絶望的に深いわけだが。

（「日経ビジネス」２０１８年12月、約１３００字）

視点

先日、ある人に、

「コラムを書く時に一番気を配っているのはどんなことでしょうか」

という ド直球の質問をいただいた。

この種の自問はふだん自分ではしない作業なので、正直、ちょっと考え込んだ。で、なんとなく、

「一歩離れて見る視点を確保することでしょうか」

とお答えした。われながら、味のある回答をしたものだと思っている。

とはいえ、回答として出来が良いことと、私自身が言った通りにできているのかは別問題で、この数年の間に自分が書いた文章を読み返してみるに、対象にのめり込み過ぎていたり、世間の興奮に巻き込まれていたりで、テーマに対して適切な距離を保てている原稿は、実のところそんなに多くない。

前回の都知事選関連では、関西方面の知人やフォロワーから秀抜な分析を聞かされることが多かった。

「東京の人は本気で舛添(ますぞえ)さんをやめさせる気なんやろか」

「築地と豊洲の話題では、極論しか聞こえてこないけどなんでや?」

と、直接の当事者でない大阪や京都の人たちは、あっさりと「一歩離れた視点」からの的確な一言を放ってくる。

東京にいると、巨大な報道の渦(うず)に巻き込まれて、対立する党派のいずれかの意見に影響されてしまいがちだ。そうならない場合でも、メディアスクラムの騒がしさに辟易(へきえき)して、完全に目と耳を閉ざす状況に陥ってしまう。

同じ現象は、大阪を眺める東京人の視線の中にも観察される。有り体(てい)に言えば、目前の課題や論点に前のめりになりがちなご当地の人々に比べて、五〇〇キロメートル離れた土地で暮らすわれら関東人の方が、より冷静な判断基準を持っていたりするということだ。

もちろん、

「ろくに事情も知らん部外者がきいたふうな口を叩かんといてや」

ということもあるだろう。

しかし、たとえば、ごく単純な話、大阪市を廃止・再編する「大阪都構想」の制度案を議論する法定協議会(法定協)での議論の様子は、外部の人間である私には、単なる罵り(ののしり)合いにしか見えない。熱狂している当事者やそれを取り囲んでいる支持者同士は、それぞれ正義のための戦いに殉じているつもりなのかもしれないが、一歩離れた場所から見ている人間の目には犬の喧嘩にしか見えない。

大阪市が不足する保育士を確保するため、他府県から市内の保育所に新規採用された保育士に対し、ユニバーサル・スタジオ・ジャパンの年間パスポート費用を補助する方針を明らかにした、というこのニュースも完全に常軌を逸している。こんな施策を打ち出す市のガバナンスがどうかしているのはもちろん、このニュースをそのまま垂れ流しているメディアもおかしい。

あるいは、この「おかしさ」は、五〇〇キロ離れた土地からでないと、気づきにくいものなのかもしれない。

ともあれ、私は、大阪で起こる異常な出来事には、わりと早い段階で気づくことができる。逆に言えば、自分の地元に関しては、思いのほか目が曇っているということでもある。

東京のおかしさを知るために、五輪が終わるまでのしばらくの間、関西で暮らしてみるのも一案だろう。

もちろん、大阪万博までには、逃げ帰って来なければならないわけだが。

(「日経ビジネス」2019年2月、約1300字)

第6章

長いコラムはかように

長いコラムは、本来、コラムではない。じっさい、五〇〇〇文字を超えるコラムは、時に、ルポルタージュや追憶エッセイの色彩を帯びる。テーマにたどり着けないコラムが「メイキング・オブ……」の楽屋話に着地するケースもある。いずれも失敗といえば失敗だ。が、「失敗したコラム」は、そんなに悪いものではない。面白く書けていれば成功、と考えるのが実践的なコラムニストだ。満腹スイーツみたいな。カラダには良くないが。

デトックス

最初に、解説しておく。「デトックス」は"detoxification"の短縮形で、意味するところは「毒素排出」といったところだ。言葉のできあがり方としては、deが「分離」「否定」を意味する接頭辞で、続くtoxificationは、「toxic」（有毒な）を動詞化してそれをまた名詞化した表現だ。もともとギリシア語の「毒矢」を意味する言葉から来ている。なに、辞書の受け売りだが。

その「デトックス」は、つい数年前まで、女性誌専用の用語だったのが、最近は、守備範囲を広げて、私のような中年男性（↑鯨飲馬食系男子）をも、ターゲットにしはじめている。

たしかにいずれが毒袋であるのかと言うなら、まず第一にわれらオヤジであろう。私自身、自覚はある。ロクなものを食っていないし、六根清浄な暮らしをしているわけでもない。毒を食らい、毒を吐き、毒づき、日々毒し毒されている。おそらく、腹の中は真っ黒だと思う。

てなわけで、デトックスに関連するあれこれを、一通り体験してみることにした。「百聞は一見に如かず」というのが事実であるのなら、「一験は百見に勝る」くらいのことだってあるかもしれない。無論、一回の経験で、すべてが手に入るわけではないが。

順序としては、まず、「入り」から。

デトックスの世界では、たとえば、血中や腸内で毒素をつかまえるセレニウムやペクチン、あるいは、便通を良くすると言われている食物繊維が珍重される。

この種の断片的な情報とは別に、ひとつの体系を追求する向きもある。たとえば、「マクロビオティック」。これは「マクロ＝大きな」「ビオ＝生命の」「ティック＝施術、学問」の三つの言葉からなる概念で、もともとは、桜沢如一（さくらざわゆきかず）（一八九三〜一九六六）という人が、日本古来の食養生に中国の易の陰陽を融合して作り上げた、一種の健康哲学だ。

その「マクロビオティック」を実践するレストランの代表例として、竹橋にある「クシ・ガーデン（KUSHI GARDEN）」（※1）に行ってきた。この店は、「久司道夫（くしみちお）」というこの道の中興の祖（前出、桜沢如一氏の弟子筋）が公認を与えたレストランで、店名にもその旨が示されている。

久司道夫については、それだけで原稿が一本書ける。が、ここでは詳しくは触れない。興味のある向きは、ウィキペディアあたりを検索してみてほしい。関連図書がズラリと出て来る。

取材当日、私が食べたのは、「ランチプレート」と呼ばれる昼限定の一皿料理だ。値段は一〇〇〇円。玄米を中心としたメニュー。低カロリー。味は意外にしっかりとしている。この種の膳にありがちな「これみよがしな薄味」ではない。デトックス云々を抜きにしても、ヘルシーな昼食として十分にやっていける味つけだ。分量は、働く男には足りない。が、「物足りない」ということがヘルシーの極意なのだ。旨い不味いよりはずっと。

私自身は、特に濃い味を好む者ではない。とはいえ、時に京懐石の料亭などで供される煮物の薄味には、敵意を感じる。

「ほう、関東のおヒトには、醬油の味が足りませんでしたかな?」

という感じで並べられる超絶的に上品ぶったあの味。あれは、ケンカを売っているのではないだろうか。

「どうだす? 素材そのまんまの味がしまへんか?」

と、里芋がこちらに問いかけてきているみたいな、そういう味加減。

「うっせえ、芋の分際でナマの味なんかで勝負してんじゃねえよ」

当然、当方は反射的に凶暴になる。うむ。私はどうやら懐石向きではない。

その点、クシ・ガーデンの料理は、イケる。味はしっかりとついているし、歯ごたえもきちんと残してある。どこぞのスカした料亭みたいな年寄りをアヤすみたいなこしらえ方ではない。

これなら、週に三日は食べられる。

残りの四日は毒を食らう。皿まで。


次に訪れたのは渋谷にある「LAVA」という、ホットヨガスタジオだ。

ヨガもデトックスには貢献するはずなのだが、今回はパスした。ああいうものは一日体験でやってみても意味がない。で、「ゲルマニウム岩盤浴チェア」というのを体験して、とりあえず、汗だけでも流してみることにした。

汗をかくことも、デトックスを実現する上では大切な要素だ。食べて排泄するだけでは足りない。汗をかくことは、毒素の排出のみならず、血行の促進と、体温の上昇、および新陳代謝の活発化につながる。ここが大切なところだ。

椅子は、ゲルマニウム温浴の足湯（&腕湯？）と、遠赤外線の岩盤浴を組み合わせたスグレモノ（↑死語？）だ。

足元は、膝までの深さの足湯で、両手の肘掛けの部分も二の腕がすっぽり入る浴槽になっている。この「手足湯」に満たされた湯は、ゲルマニウムを含んでおり、椅子の背後のタンクを経て順次循環している。椅子の背中と座面、およびふくらはぎの裏側には、岩盤が設置されていて、この岩盤を通じて遠赤外線が放射される。つまり、普通は岩盤の上に寝る形の岩盤浴を、椅子に座ったまま体験できるように工夫されているわけだ。

さてしかし、私はほとんどまったく汗をかかなかった。案内してくれたトレーナー氏によると、代謝には個人差があって、LAVAに通ってくる女性たちの中でも、冷え性の人は、汗をかくのが苦手で、ホットヨガをはじめてから汗が出はじめるまでに時間がかかる。で、そういう人は、早めに汗を出して効率的にデトックスをするために、ヨガの前にゲルマニウム岩盤浴チェアを利用するのだという。

私は冷え性ではないが、普段から汗はかかない。おそらく、基礎代謝が低いのであろう。トレーナー氏によれば、定期的に運動をし、筋肉量を増やし、温浴を繰り返していれば、基礎代謝が上がって、汗をかきやすい体になるという。

と、食べても太りにくい体になるはずなのだが、もちろん、一回や二回椅子に座っただけでは効果は期待できない。

汗をかかねばならない。色々な意味で。

次は腸内洗浄。これが今回の体験取材のハイライトであることは、打ち合わせの段階からはっきりしていた。

「洗浄?」

私は、当初、意味がわからなかった。

が、資料を見て了解した。なるほど。肛門にホースをぶち込んで腸を水洗い。豪放磊落。単純にして効果的な手法だ。プール掃除みたいな爽快さ。他人事なら。

でも、人間のカラダにこんなことをして良いものなのか? 相手はラジエーターじゃないぞ。風呂桶でもない。なのにホースで丸洗いなんて、暴挙じゃないのか? ついでに言っておくが、オレには奇妙な趣味はないぞ。冗談ではない。

しかし、結局やることになった。

私は、基本的に仕事を断らない。貧乏性ということもあるが、それ以上に、チキンと思われたくないからだ。それゆえヤバそうな仕事は余計に断れない。

「面白そうですね」

と、つい、虚勢を張る。まあ、そういうタイプの人間がライターになるということだ。軽率というのは一生の病だ。

施術は自由が丘クリニックという病院でおこなった。自由が丘駅から徒歩十分ほどの、小高い丘の上にある小ぎれいな施設だ。高級住宅街の一角。エントランスからしてセレブ向けのサロンっぽい。壁面のアブストラクトアートが洒落ている。名のある画家の作品だろうか。

受付をして、しばし待つ。出入りする人々はこのあたりのマダムだろうか。いずれもよく手入れのされた姿をしている。きれいな天井にきれいな床。小ぎれいなクランケたち。ここにいると自分が腸内の残留物であるみたいな気持ちになる。まあ、遠くないのかもしれないが。とにかく、私は洗浄されねばならない。

施術室に案内されて、まず着替える。別室で、着ているものを脱ぎ、パイル地のバスローブと、紙製のパンツを身につける。紙製パンツは、後ろの部分が開くようになっている。こんなものを着ることになるとは。だが、問題は姿カタチではない。この先にはより巨大な試練が待っている。挿入。考えただけで気が滅入る。私は浣腸の経験さえ持っていない。

学生時代、アメフトの怪我で入院した友人が、翌日の朝浣腸をされるという日に言っていた言葉を思い出す。

「オレはもう、浣腸を経験した以前の、純真なオレには戻れないかもしれない」

私はこの言葉を聞いて、涙が出るほど笑ったのだが、果たして、いま、器具の挿入を前に、私は同じ気分になっている。なあに、経験は経験。一瞬の忍耐に過ぎない。が、オレは、帰ってこれるのだろうか。いや、考え過ぎだとは思うが。デリケートな問題なのでね。

挿入する部分の器具は、デポ（使い捨て）式（当たり前だが）になっている。しばらくして、医師が来る。

挿入は、医療行為に当たるため、医師が実施しないとならないからだ。

「力を抜いてください」

決まり文句。想像していた通りだ。ナチスの収容所で人体実験をしていた鬼畜連中も同じ言葉を吐いたはずだ。

で、力を抜く……のだが、抜けているのだろうか、自分ではよくわからない。

「それでは、入ります」

……痛い。ダメだ。力が入っているみたいだ。もう一度力を込めて力一杯力を抜く……が、やっぱりダメだ。オレはリキんでいるみたいだ。

「ゼリー増量します」

ん？　ゼリー？　なんだそりゃ？　オレに何をしようとしているんだ？……と思う間もなく、ゼリーが幸いしたのか、スルっと何かが入ってくる感覚が伝わる。おお。痛みはほとんどない。若干の違和感。これは強調しておくが、快感はない。違和感。それだけだ。

一旦管が入ってしまうと、あとは横になって待つだけだ。

「無理に出そうとしないでください。そのまま楽に力を抜いていてください」

と、看護師の女性がいつの間にか、医師と入れ替わりで部屋に入っている。

管は、出入りの両方を担当している。つまり、肛門に挿入した器具には、「出口」と「入り口」の二つの穴が開いていて、水（摂氏三五度の滅菌済みの清浄水）を入れると同時に別の穴から腸の内容物を排出する仕組みになっている。

「単純なんです。基本は圧力まかせで」

と、看護師さんが解説してくれる。つまり、腸内の圧力を一定に保ってさえいれば、入った分だけの水が出て行くわけで、その作業を繰り返していれば腸内は確実に「洗浄」できるということだ。

腸内に入れる水量は、手動でもコントロールできるようになっている。大量の水を注入すると、それだけ腸内の圧力が高まって、被験者には強い便意が宿る。で、オペレーター（この場合は看護師さん）は時々、水量を加減して、被験者の便意がリミットを超えないように留意しつつ、圧力を上げる。こうして、腸内に水を満たすことで、宿便を速やかに排泄させる。そういうことのようだ。

器具挿入から約二十分。いったいどれほどの水が私の体の中を素通りして行ったのだろうか。流れ自体に、抵抗感がなくなる。ほとんど水だけが出入りしているということが実感でわかる。おそらく、宿便やらガスやらは、大方流れ去ってしまったのだろう。管の先は、機械につなげられていて、その機械の窓から腸内水(わかっている。水だけではない。でも、ここでは婉曲表現を使わせてくれ)が流れていく様子を見ることができる。私は、ほんの二秒ほど見ただけで、体の向きを変えた。見た通りのモノが流れていくだけで、何も面白くないから。

開始から三十分。医者が入ってくる。

「抜きます」

直截な表現。ま、婉曲に言っても仕方がないし。で、抜くと、俄然(がぜん)、楽になる。ここにいたってはじめて、自分が苦しんでいたことを実感する。哀れなオレ。

着替えて、立つと、腰が張っている。両手も力が入らない。リラックスを心がけながらも、それだけ力が入っていたということなのだろう。なるほど。オレはくつろいだふりをしつつも、力の限り虚空を握りしめていたわけだ。

最後に訪れたのは、断食の宿だ。

「ヒポクラティック・サナトリウム」と名乗っている。「医療を旨とする療養施設」くらいの気分だろうか。

話は単純。ここでは、断食をする。

施設には、最低二泊三日から、最高で十日間までのコースがある。
私は、取材ということで、特別に一泊二日のメニューを作成してもらった。断食期間は二日。その間、人参（にんじん）ジュースと生姜湯だけで過ごす。で、二日目の昼、二時間の講演（石原結實（ゆうみ）という、この施設の創始者であるお医者のお話）を聴いた後、おかゆをいただいて終了。

断食自体は、なんということもなく終わった。これは、元来私が少食だということもあずかっているのだろうが、なあに二日ぐらいのことなら、絶食は苦痛ではない。問題は、断食を通じて得た体感を自分のものにできるかどうかだ。

石原医師によれば、断食をはじめて三日ほどたつと、舌が黄色くなり、口臭が出て、宿便が整理され、約一週間で体の毒素が外に出るという。

人参ジュースは試練だった。普段はまったく食べない。カレーライスに入っていたら、黙って除（よ）ける。そういう食品なのだ。が、飲めというのなら仕方がない。

味は、モロに人参だった。レシピを見ると、人参以外に、リンゴも入っているはずなのだが、私には人参の匂いがするばかり。そう。昔懐かしい、あの学校給食に出ていたワイルドな人参の風味だ。あるいは土そのものの味。校庭で転んで土が口に入った時の舌触り。相撲で負けた時の地面の味だ。ペッペッ。

これを、朝昼晩コップに三杯ずつ飲む。

基本的な食事はこれだけ。都合、一五杯飲んだことになる。ううう。

食堂には、決まった時間に、館内で断食中の全員が集まる。ほかの時間は、思い思いにロビーでくつろいだり、自室で仕事をしたり。ゴルフをする人々もいる。隣はゴルフ場。なるほど。ここで一週間ゴルフをしながら断食をしたら、病気はどこかへ行くだろう。仕事も、かもしれないが。

食堂に集う人々に太った仲間は少ない。どちらかといえば、すっきりとした体型の人が目立つ。常連客ということらしい。一度断食を体験した人間は、うかつに太らなくなる。太ることのリスクに気づくからだ。なるほど。

別に、おやつとして、午後三時に、生姜湯が出される。

断食二日目の昼に飲むと、これは、効く。おそらく、断食三日目以降の空腹には、さらに有効だと思う。

というのも、何も入っていない胃には、生姜の刺激が直接に響くからだ。で、しばらくの間胃を中心に体全体があたたまる感じになる。この刺激は、意外なほど空腹を紛らわしてくれる。

というのも、空腹のつらさは、一種「退屈さ」だからだ。

食事で一日を区切らないことで、一日はのんべんだらりとしたひとつながりの呪われた時間になる。せめて、その句読点を欠いた一日に、ちょっとしたアクセントを入れたいと、人は思うはずで、その意味では、生姜湯はなかなか気のきいた一品になるのである。

とはいっても、生姜ぐらいのことで、大の男がダマされるのは、せいぜい数日だ。一カ月毎日生姜湯を飲んだら、私は間違いなくこいつを呪うようになる。

単に食べないだけなら、わざわざ伊豆の山の中に籠もる必要はないじゃないか、と、そう思う人もあるだろう。

もっともな疑問だ。

でも、やってみればわかるが、「何かをしない」（この場合はものを食べない）ことは、ある意味「何かをする」以上に困難なミッションなのであって、一週間食事を抜くためには、やはりそれなりの舞台装置が必要なのである。

快適に、自分を納得させながら、反動のない形で断食をしようと思うのなら、なおさらだ。ヒポクラティック・サナトリウムには、断食についてまわる「辛気くささ」をソフトランディングさせる、様々な手管がそろっている。

快適な生活。深い緑。隔離された環境。献身的なスタッフ。規則正しい生活。多弁な医師。そして、食事がなくても、ジュースの時間には必ず食堂に集ってそれを食べるというふうに、時間は強制的に区切られている。だから断食期間中、断食者は、タイムスケジュールに乗っかっているだけでノルマを達成できる。

それにここには仲間がいる。同じように腹を減らし、同じように断食をしている仲間。

これはとても大切なポイントだ。


「囚人とどこが違うんだ?」

という人にはこう答えておく。

われわれは、誰もが人生という檻(おり)の中の囚人なのだ、と。

あるいは、自分の肉体だけが、真に自分を束縛している檻なのだというふうに考えることもできる。

そう。肉体が汚れている時、われわれは自由に暮らすことができない。

とすれば、われわれは、魂の住み処を、きれいに掃除しておくべきだ。

取材を通じて、どの経験が私の毒を取り去ったものか、カラダはたしかに軽くなった。

体重も約二週間で二キロ落ちた。

個人的には、腸内洗浄の効果が絶大だった。宿便がどれほど取れたのかはわからないが、体内を丸洗いした自覚がデカい。あれの後は、いやでも、しばらくの間、行動を慎むようになる。

結論。人間は一本の管なのだということがよくわかった。慎まねばなるまい。

（「文藝春秋SPECIAL」２０１０年１月、約６７００字）

※１　二〇一七年三月に閉店。

鳩

誰にでも恥ずかしい時代がある。私の場合、中学一年生から二年生に上がるまでの半年ばかりの期間が、それに相当すると思う。

恥ずかしい時代には、恥ずかしい友だちがいる。大田原というのがそいつの名前だ。大田原純一。詩を書く男だった。私も詩を書いた。うんと気取った耽美的なヤツを。もちろん、全部捨てた。純一以外に読んだ人間はいない。

もうひとつ、私と純一の間には共通の秘密があった。鳩だ。純一は自宅のベランダにしつらえた鳩小屋で、鳩を飼っていたのだ。

「ハトって、鳥のハトか？」

と、尋ねた私の声は、まだ変声期前だったかもしれない。

「決まってるだろ」

ハトは、高価なレース鳩だった。全部で六羽。練馬の先にある専門店から仕入れるらしい。純一は母親に甘やかされていた。父親の顔は見たことがない。どこかの偉い人らしい。

「訓練を始めるぞ」

ある日、純一は、鳩の訓練を再開することを宣言した。こちらに転校して来る前の、神奈川県の学校にいた頃、彼は鳩たちを、五〇キロ離れた町や、一〇〇キロ離れた岬の突端から放す帰還訓練を繰り返していたのだという。

「キカンクンレン?」

「だから、遠くから帰って来れるようにしつけるんだよ」

「どうやって?」

「どうもこうもないさ。ただ、だんだん遠くに連れて行って放すんだよ」

帰還訓練の話からわかるのは、純一が、前の学校に通っていた当時、おそらく、父親と一緒に住んでいたということだ。彼と彼の鳩たちは、父親の運転するクルマで、帰還訓練のための場所に遠征していたわけだ。

「離婚したの?」

と、口に出してしまってから、私は後悔した。

「知らねえ」

純一は無表情でそう答えた。

「悪いこと聞いたかな?」

と、私は言った。悪いことを聞いたことはわかっていた。ただ、純一が気にしていないふりをしていたから、こっちもそれに合わせた格好だ。なあ、たいしたことじゃないよな、と、そういう顔で、私は彼の顔を見返した。

「別に」

と言って、純一は、私の目をまっすぐに見ていた。目をそらしたら負けだと思っているみたいに。

私は、適当に目をそらして、鳩の訓練に話を戻した。毎日、小屋から鳩を飛ばすために、純一の家に通うのは楽しい習慣だった。私は、鳩の神秘にとりつかれ始めていた。鳩は、小屋の扉を開けると、一斉に飛び立って、上空で何回か旋回すると、どこへともなく飛んで行き、四十分ほどで必ず帰って来た。なんて賢いんだ。ピーピー言ってるだけの同級生や教師なんかより、ずっと気がきいてるじゃないか。

純一によれば、鳩は、毎日決まった時刻に決まった時間だけ飛ばしてやらないと勘が鈍るものらしい。

「カンが鈍るとどうなるんだ?」

「死ぬよ」

「どうして?」

「カラスにやられるのか、道に迷うのか知らないけど、帰って来なくなる」

「どうして死んでるってわかる？」

「帰って来ないんだから、死んでるに決まってるだろ」

お前のオヤジもか？　と、喉まで出かかったその言葉は口にしなかった。

純一は父親を、死んだものと考えているように見えた。ただ、それは、私の側から尋ねて良いことではなかった。

次の日曜日の朝、純一と私は、最寄りの駅から国電に乗って、北を目指すことにした。入場券を買って東北線の下り列車に乗り込む。検札を適当にやり過ごしながら、なるべく遠くまで乗る。そして、適当な駅の、目立たないホームから、鳩を放す。それが、純一の考えた計画だった。計画というほど緻密な考えではなかったが、それで十分だった。

われわれは、三羽ずつ鳩の入ったカゴを一つずつかかえていた。

子供用の入場券を差し出す中学一年生が二人、バスタオルで目隠ししたカゴをかかえて改札を通るのは、かなり不自然だったはずなのだが、そういう時、純一はまったく動じるそぶりを見せなかった。あいつは、完全に感情を隠すことができる。私にとって、純一の尊敬できる部分は、そこだった。純一は、無表情の向こう側に、その硬い心を閉じ込めることができた。その技術は、たぶん、両親の別居と引き換えに彼が身につけたもので、当時の私には、どうにもうらやましい魔法に見えた。

駅員は、鳩の鳴き声に気づいていたのかもしれない。でなくても、われわれが子供料金の乗客でないことを見破っていた可能性は低くない。

私は、どうせ三〇円の入場券なのだから、大人料金の切符を買ったところでたいした出費でもない、と、正規の切符で乗車する旨を主張した。が、純一はくだらないカネを使う必要は無いと言って譲らなかった。

「駅員なんかに何が見破れるっていうんだ? バカなんだぞ、あいつらは」

私は、純一が、駄菓子や、コインゲームや、使い捨ての愚かな玩具のために、ふだんから、無駄なカネを費やしていることを知っていたし、子供っぽく見られるのを嫌っていることにも気づいていた。だから、この時の彼の態度は、意外だった。いったい、こいつは何を証明しようとしているんだ? 大人がバカなことか? 駅員の目が節穴であることか? それとも、純一にとって、誰かをだますことは、何かを成し遂げることなのだろうか?

改札を無事に通過すると、今度は、検札だ。急行列車に乗ると、検札が来る。それが問題だ、と純一は言った。

「じゃあ、鈍行で行こうぜ」

私はそう主張した。

「冗談言うなよ」

彼は、問題にしない。普通列車に乗ることは、はじめから彼の計画の中では、あり得ない展開だった。

「どうして普通列車じゃダメなんだ?」

「くだらないからだよ」

「くだらないって、何がさ」

「鈍行に乗ることが、だよ」

「どういう理由で?」

「くだらないからだよ」

こういう話になると議論をしても無駄だった。純一がくだらないと言い始めたらすべてはくだらないことになるのだ。というのも、彼は、この世界のくだらなさの専門家だったからだ。

そんな詩を見せてもらったことがある。くだらない世界のくだらなさについて、自分ほど詳しい人間はいないのだが、その知識ほどくだらない知識はないので、毎日忘れることにしている。それでも、世界があまりにもくだらないがゆえに、知識は増えるばかりで、一番くだらないのは、くだらないことのくだらなさについて研究することが世にもくだらない作業であることだ、といったようなお話だった。

「どうだ?」

と聞かれて、私は大笑いしながら、

「くだらないと思うよ」

と答えた。その答えが気に入られて、私は、彼の友だちになったのだ。

急行に乗ると、検札係は、前の車両から後ろの車両に向かって進んでいる様子だった。見たわけではないのだが、最後尾のひとつ前の車両に乗っているわれわれから見て、後ろの車両に検札係の姿が見えない以上、そう解釈するしかなかった。

私たちは、浦和駅でいったん降りて、ホームを走って先頭車両に乗り移った。それで、まんまと検札を振り切った計算になる。さらに、純一の計算では、「検札のバカ」がもう一度後ろから前に折り返して来る前に、どこかのホームで鳩を飛ばしてしまえばオレたちの完全勝利ということだった。

栗橋駅で列車を降りた。

検札を警戒したからではない。しばらくぶりに飛ぶ鳩にとっての飛行距離を勘案しての判断だった。それに、いまにして思えば、東京近郊の急行区間では、はじめから検札は、実施されていなかったのかもしれない。

その、自宅から直線距離で四〇キロほど離れた、栗橋の駅のホームから、私たちは、六羽の鳩を放った。

鳩は、上空で二回ほど旋回した後、南に向けて飛んで行ったようだった。

純一の部屋で鳩を待つ間、レッド・ツェッペリンのⅣを聴いた。ステレオは、当時最新型だった東芝の四チャンネルステレオだった。純一は、たしかに、甘やかされていた。

中学二年生に進んで、夏休みが終わると、純一は、元の神奈川県の学校に転校して行った。父親と一緒に住むことになったのかどうかはわからない。以来、年賀状が、二度ほど届いたが、それっきり、連絡は絶えた。

大学を出てしばらくした頃、一度だけ、歌舞伎町の路上でばったり出くわしたことがある。

「おい」

私が声をかけると、純一は無表情で、

「おお」

と言った。

「鳩はどうしてる?」

「食った」

「え？」

純一は無表情で、もう一度言った。

「焼いて食ったよ。全部」

見ると、左手の小指が無い。

「小指もか？」

とは言わなかった。

以来、一度も顔を見ていない。

顔を見せないということは、死んだことなのだと思っている。

（「SIGHT」２０１４年３月、約３４００字）

いいとも

「笑っていいとも！」が始まった頃のことはよく覚えている。

ただ、その周辺の記憶は、私にとっては、必ずしも晴れがましいものではない。

というよりも、正直に述べるなら、初期の「いいとも」に関連して思い出される事柄は、どれもこれも、暗い鬱屈した気分と混じりあって渾然（こんぜん）一体となっている。

番組がどうだという話ではない。

「いいとも」の記憶が重苦しいのは、放送のクオリティーの問題ではない。それを見ていた私の側の問題だ。

記録によれば、「笑っていいとも！」は、一九八二年の十月にスタートしたことになっている。

ということは、ドンピシャリで、最初の失業時代とカブっている。

私は、一九八〇年の三月に学校を出て、その年の四月から新卒で勤めはじめた会社を、翌年の一月に退社した。以来、失業手当の給付で食いつないだり、半月単位のアルバイトを思い出したように繰り返しつつ、一九八二年からは、小学校事務の補助員（週に二日、午前中のみ）を皮切りに、ラジオ局のＡＤの仕事（これも週二日午前中だけの勤務だった）

や、突発的に生じる旅仕事をこなしながら、退職から数えて丸々五年ほどを年収一〇〇万円以下の半失業者として暮らしていた。

「いいとも」は、その半端者の私が、実家の茶の間で、母親と一緒に見ている番組だった。

ちなみに申し添えれば、「いいとも」の後は、「ポーラテレビ小説」で、その次は「徹子の部屋」だった。四時からは「水戸黄門」が始まり、奇数月には大相撲中継が続くことになっていた。なんと不活発な日常であったことだろうか。

つまり、なんというのか、面白いとかつまらないとか、ビビッドだとか陳腐だとか、先端的だとか退嬰（たいえい）的だとかいった評価の問題を超えて、「いいとも」は、いい若い者（←「いいわ買い物」と、ワープロは言っているが、当然のことながら当時のオレは極貧だったぞ）が見るような番組ではなかったのだ。

なんとなれば、いい若い者は、昼のひなかの午後零時に、テレビの前に座っていたりしないものだからだ。

マトモな青年は働いているか、学校に行っている。

そうでなくても、グレているにしろ、荒れているにしろ、覇気のある設定のナウなヤングは、最低限、家の外に遊びに出かける。

遊ぶでもなく、働くでも学ぶでもなく、部屋でテレビなんかを見ている二十五歳がいるのだとしたら、そいつは性根の腐ったダメなヤツだ。少なくとも一九八二年の水準では、そういうことになっていた。

そして、私は、まさに、その、真っ昼間からテレビを見ているダメな若者だった。しかも母親と一緒に、毎日、だ。

ただ、私は、自分で言うのもナンだが、芸能通で、演芸通で、ニュース通で、アナウンサー通の、なんでも知っている全知全能のテレビ視聴者だった。おそらく、当時、私ほどテレビの内外の些末事に精通していた若者は少なかったと思う。つまり、それだけヒマだったということだ。若い者が失業すると、そういう人間になる。別の言葉で言えば、向上心を失った探求家体質の若者に、無為徒食の日々を与えると、彼は、益体もない知識で頭の中を一杯にした、小ぶりの大宅(おおや)図書館みたいなものに変貌するのである。

「ホントにおまえはなんでも知っているねえ」

と、母親は、私の博覧強記を愛(め)でていた。

彼女は勘違いをしていた。

いい若い者が、「いいとも」に出てくるゲストの故事来歴を諳(そら)んじていることは、母親が頼もしく思うべき事柄ではない。賢い母親であるのならば、二十五歳になる息子が、ホリプロタレントスカウトキャラバンの歴代優勝者の名前を列挙している時点で、自分が息子の養育を誤ったことに気づくべきだったと思う。

しかし、母は、私を重宝していた。

この子とテレビを見てると面白いよ、と。

たしかに、専属のテレビコメンテーターとして評価してみれば、私は、かなり良いセンをいっていた。なにしろ、もの知りであるばかりでなく、母親の笑いのツボを知り尽くしていたのだから。

「この能瀬慶子(のせけいこ)っていう子は、都立北高の出身でM島の家のすぐ近所に住んでたんだぜ」

「芸能人バレーボール大会で一番サーブがダメダメだったのは山口百恵だよ」

しかし、そういう息子も、やがて二十七歳になり、二十九歳になる。

依然として、定職に就く様子はない。

家を出て行く気配も見せない。

相変わらず、粛々と親のスネをかじっている。

国会図書館の司書になるんだとかなんとか言って参考書を開く姿を時々見せたりしてはいるものの、それもどうやら偽装くさい。聞けばアマチュアのロックバンドのために歌詞を書いているという。悪びれもせずに。

ロックとポエムとアルバイト。司書と公務員試験とＡＤの名刺……私は、ダメな二十代の男が備えていがちなスペックを網羅していた。

で、そういう男が、昼間っから「いいとも」を見ていたわけだ。もちろん、母親と一緒に、毎日、だ。

現時点から振り返って考えてみるに、私は、「いいとも」を楽しんでいたのではない。

おそらく、私は、母親のごきげんを取る義務を感じていたのだと思う。

母親を笑わせるために、コメンテーター席に座っていたわけだ。

ただ、子に甘い母と、自分に甘い息子が揃って見るための番組は、「いいとも」でなければならなかった。ここは、大切なポイントだ。ＴＢＳや日テレがやっている金切り声のワイドショーはテーマが下世話で重過ぎたし、ＮＨＫがやっている猫なで声の情報番組は構成が堅過ぎた。そんな中、ただ、「いいとも」のユルさだけが、現実逃避を旨とする母と子の空気に寄り添うことができたのだ。

「いいとも」は、ひとっかけらの「社会性」も帯びていなかった。

一貫して「政治」にはハナもひっかけなかった。「経済」に耳を傾けることもなく、「外交」に目を向けることも、「時事問題」に気を配ることもしなかった。

ということはつまり、「いいとも」は、新聞の一面から五面までの記事をほとんどすべて蹴飛ばした世界で番組をまわしていたわけで、「芸能」と「スポーツ」と、あとはせいぜい「学芸」欄と「文化」欄に載っかっているヨタ記事みたいな構成のみで、一週間を乗り切っていた。

だからこそ、二十代の半ばをはるかに過ぎた家事手伝いの息子と、その母親が、煮詰まることもなく見通すことができたのである。

そう思うと、あの番組の益体のなさは、空前絶後だった。

二十一世紀になってから大量に垂れ流されることになる「バラエティー」というクソの役にも立たない情報番組に先立つこと二十年、「いいとも」は、その誕生直後から、説教臭さの片鱗すらありゃしない、見事なばかりにお馬鹿な非教養番組だった。

もうひとつ、この際、強調しておかねばならないのは、当時の私が、「いいとも」の司会をつとめていたタモリに、シンパシーを抱いていたことだ。

ファンというのとは少し違う。

もう少し曖昧な、一方的な目配せみたいなものだ。

失業者だった私がタモリに対して抱いていた感情は、親近感というほど気やすいものではない。あこがれとか、目標とか、ロールモデルといった種類の青臭いものでもない。

言ってみれば、私は、一人の半端者として、タモリの醸し出す「半端者」のたたずまいに、感応していたのだと思う。

ここで言う、「半端者」というのは、「マイナーさ」のことではない。よく言われることだが、「いいとも」発足当初のタモリは、メジャーなタレントではなかった。深夜枠の、知る人ぞ知る、ほとんど通りすがりみたいな芸能物件だった。そういう意味では、週日の帯番組を切り回すタイプの文化人でもなければ、太陽の出ている時間帯に軽妙なトークを展開することを期待されるタレントでもなかった。このことは、古くからあの番組を知る人たちが異口同音に証言する、「いいとも」のマイナーさにも通じる話で、要するに八二年に始まった「いいとも」が、誰もが知るあの「いいとも」になりおおせるまでの間には、かなりのタイムラグが介在していたということだ。

ただ、繰り返すが、私は、「半端者」という言葉を、一九八二年当時のタモリ自身のマイナーさ加減とは別の座標軸の話として持ち出している。

どう言えば良いのかむずかしいのだが、「いいとも」が大ヒット番組に化けて、タモリというタレントが国民的な知名度を獲得した後でも、タモリが「半端者」である点は、変わっていないのであって、私が、当時、「いいとも」に救いを感じていたのも、そのタモリの「半端」さのゆえだったということだ。

「いいとも」が始まるしばらく前、たぶん一九八〇年か八一年の話だと思うのだが、タモリは、赤塚不二夫や高平哲郎といった周辺の飲み仲間とツルんで、「ソノソノ」というムック（書籍と雑誌の中間領域にある出版物。当時は、「ムック」という言葉はまだ発明されていなかったかもしれない）を出したことがある。

タイトルの「ソノソノ」（←表記は「SONOSONO」かも）は、「an・an」と「non-no」という、勃興しつつあった女性誌の名前をモジった「ANO・ANO」という本に由来している。若い女性の本音を書いた「ANO・ANO」への返歌として、おっさんの本音を書き殴った「SONOSONO」を世に問うたぞ、くらいな経緯だったと思う。

私は、それを持っていた。

で、私は、その「ソノソノ」の中で自在に展開されているタモリという人の「半端」さに感銘を受けたのである。

大学を中退し、定職に就かず、特に係累があるわけでもない他人の家に居候しながら、何を志すでもなく、誰を目指すでもなく、ただただ目先の面白ネタをいじくりまわしているうちにおっさんになったぞ……という、そのどうにも中途半端な生き方と、ジャンル分け不能な奇妙な芸風と、器用でありながら、決して名人芸にいたることのないタモリは、当時の私の目には、半端者を極めた、なんとも洒脱な人に見えていたわけだ。

半端者を極める、というこの言い方には、逆説がかくれている。というのも、「半端」

であるということは、「極めない」ということで、だから、半端のようなものであっても、極めたが最後、その人間は半端者ではなくなってしまうからだ。

が、タモリという人は、どういうものなのか、このダブルバインドをくぐりぬけて、奇跡的に、半端を極めてしまっている。

なんと見事な半端さ加減ではないか。

さて、三十歳を過ぎて、原稿を書く仕事がなんとか軌道に乗ると、私は、モロな半端者ではなくなっていた。

と、「いいとも」は、見なくなる。

あれは、まっとうな暮らしをする人間が見る制作物ではないからだ。

ところが、三十代半ばになった頃、私は、再び半端道に復帰する。

原因はよくわからないのだが、酒が止まらなくなったからだ。私は、朝からジンを開けて、一日中飲む人間になっていた。当然、仕事は減り、それにつれて部屋飲みをする時間とテレビを眺める時間が増加し、気がつくと、私はまた、「いいとも」を毎日眺めて暮らす人間になっていた。

苦しい時代だった。

冒頭で、「いいとも」について、あまり良い思い出がないという意味のことを書いたが、その理由は、以上に書いた通りだ。私が、「いいとも」を見ていたのは、私自身が、社会に適応できていなかった時期に限られる。とすれば、やはり、「いいとも」は、楽しいようでいて、苦しい番組だったわけだ。

九五年に断酒して、以来、「いいとも」は、ほとんど見なくなった。

半端な人間でなくなったということも多少はあるのかもしれないが、おそらく、それ以上に、「いいとも」自体が、やたらとハイテンションな番組に変質してしまったからだと思う。半端なおっさんになった私は、昼間っから、リキの入った若いヤツがのべつ喚いているみたいな番組を見たいとは思えなくなっていた。無理だ。

「いいかな?」

と問われたら。

「やだよ」

と答えるだろう。

ともあれ、二十世紀の困難な時代に、「いいとも」が、半端な私の半端な生き方にオッケーを出し続けてくれていたことには、感謝の言葉を述べておきたい。

私はどれだけ救われたか知れない。

（「別冊サイゾー　いいとも！論」2014年3月、約4800字）

第7章

短いコラムはかように

六〇〇文字以内、もしくは一〇〇〇文字内外の短いコラムは、ワンテーマ、ワンアイディアで一息に書かれる。とはいえ、実際に書き手が一息で書き上げているわけではない。多くの場合、書き手は、自分の原稿を一息で読める文章に圧縮するべく、青息吐息で行数を削っている。削ることではじめて形が見えてくる。なんだか彫刻に似ている。と、そう達観して、短いコラムには気長に取り組む。と、説教くさくなるのも短いコラムの宿命だな。

告解

告解。さよう、「ゴッドファーザー」なんかに出てくるあれだ。あの「告解室」が、各市町村に一つずつぐらいな見当であったら良いと思う。犯罪は裁かれねばならないが、罪障は赦(ゆる)されなければならない。制度化された告解と権威に基づく免罪があれば、自殺だってきっと減るはずだ。

無論、免罪が権力を得ることになれば、多少の腐敗は生じるはずだ。が、腐敗という過程によってしか発酵できないタイプの罪もあるわけで、だとすれば、われわれは多少の悪徳には目をつぶるべきなのだ。

腐敗ついでに、告解を執り行う司祭には、最大限の権力を付託する。つまり、告解議員として、国権の最高機関に携わってもらうのだ。と、議員は、有権者の期待や支持ではなく、罪を代表することになる。かくしてわれわれは、罪を代表できないような腰抜けが、政治を担うことのばかばかしさから解放される。素晴らしいではないか。

（初出不明、約３８０字）

やめたい

中学一年生の時、学校をやめようと思ったことがある。結果としてはやめなかった。正解だったと、いまではそう思っている。実を言うと、高校一年生の時も大学一年生の時もやめたいと思っていた。つまり、一年生というのは、やめてしまいたくなりがちなタイミングなわけだが、ここで大切なのは、一年生がやめたいと思う気持ちは、多くの場合、過ぎてみれば笑い話になるということだ。

ただ、サラリーマン一年生の時、私は、そのまま会社をやめてしまった。せめて三年生ぐらいまでは粘ってみるべきだった。

自分が仕事を選ぶのではない。仕事が自分を選ぶのでもない。仕事をしている自分を誰かが選んでくれるタイミングが必ずやってくる、と、当時、そういうふうに考えることができていればよかったのだが、まあ、こういうことは遠回りしてみてはじめてわかることなのかもしれない。ともかく、一年生に判断させるのは良くないよ。がんばれ。

（初出不明、約３９０字）

JARASC、鼻歌に課金へ

JARASC（遮断法人日本音楽著作犬協会）は、このほど管理部総会を開き、平成二十年度をめどに鼻歌への全面課金を実施する決議を採択した。これに伴って、同協会では、具体的な課金方法、金額、徴収方法等について研究をすすめるべく、鼻歌対策作業部会を設置するとともに、より幅広い訴訟作戦の検討にはいった。

JARASC広報部によると、鼻歌は一般に広く脳内再生されており、時には、不特定多数の聴衆に聴かせるメロディーとして演奏されている伝統的な歌唱形態だが、問題は、それが、長期間にわたって無料で再生、演奏、想起されてきた経緯であり、その利用形態の「気楽さ」にあるという。

もっとも、鼻歌が、独立した作品として再生、利用されることは稀で、もっぱら、「楽しげな雰囲気」や「気楽なムード」を演出するためのツールとして利用される場合が多い。

現在、論議を呼んでいるのは、「鼻歌まじりにおいでませ」をキャッチフレーズに、全国展開している「お気楽寿司」（本社京都市）の例だ。

JARASC広報によれば、お気楽寿司では、鼻歌が「無断かつ大々的に」利用されてお

り、しかも、板前たちによる鼻歌まじりの包丁さばきが、ひとつの営業の目玉になってい
る。

そこで、JARASCでは、先月、同寿司チェーンに対して、管理著作物を繰り返し無断利
用した件などで、鼻歌利用の差し止めと総額六二万円余の損害賠償支払いを請求する訴訟
を起こしている。

なお、JARASCによれば、私的な鼻歌については「当該の著作権物が営利的に利用され
ていない限りにおいて」（同法務部）、これまで通り、無償で提供されるという。また、鼻
歌の歌詞に関しては、発語が不明瞭である場合が多いため、当面、課金を見送る方針だと
いう。

※鼻歌を守る市民の会代表六本木ひろし氏の話：「鼻歌は極めて個人的な歌だが、歌で
ある以上『他人に聴かせないために』歌うものではない。JARASCはメロディーに名
前が書いてあるというつもりなのだろうか」

（「ASAhiパソコン」、掲載時期不明、約８００字）

How are you?

人生に意味はあるのか、と?

さあね。人それぞれなんじゃないの?

つまり、「人生」といったような曖昧な言葉を使っている限り、答えは出ないということだ。設問を変えた方が良い。

「私の人生に意味はあるのか」

と、より具体的に、より個人的に考えるべきだ。そうすれば、答えに近づくことができる。かもしれない。うまくいけば。

さてしかし、次に問題になるのは、「意味」だ。仮に誰かの人生が、本人にとって無意味であるのだとしても、その人間の存在は、彼または彼女の両親や友人にとって、重要な意味を持っているかもしれない。そういう場合が多い。本人がそう思っていなくても。

親や友人がいない場合は?

誰にも愛されていない人間の人生は?

それでも、一人の人間の人生の「意味」は、本人の意思だけで決められるものではない。

結局、「意味」みたいなぞんざいな言葉を使っている限り答えは出ない。当然だ。

いっそ、

「意味なんて言葉は無意味だ」

と、そう考えることにしよう。

実際、

「シフォンケーキに意味はあるのか」

という問いかけに実体的な意義があると思いますか？

意味があろうがなかろうが、おいしければそれでOKじゃないか。大切なのは意味ではない。旨いかまずいかだ。カロリー？　知るもんか。

そんなわけで、設問は、

「私は生きていたいのか」

に、さらに改変される。

個人的な話をすれば、私自身、生きていたくないと考えていた一時期を持っている。

具体的に死ぬための手段や場所について考えたことさえある。

でも、結果的に生きている。

人生に意味があったから？

違う。死ななかったという事実が生きているという結果をもたらしているに過ぎない。特に積極的に生きることを選んでいなくても、死んでいないというだけで、人は生き続けることになる。それだけの話だ。

現在では、生きていて良かったと思っている。死んでしまわなくて本当に良かった、と。人生は素晴らしい。無意味であってなお。シフォンケーキや音楽のように。ブラボー。

とにかく、生きていたくないと考えている人間も、生きていて良かったと思える時までは生き延びるべきだ。

というわけで、

「私は生きていたいのか？」

は、最終的に、その中核を為す意味合いにおいて、

「どうだ？　元気か？」

に変換され得る。さよう。日常のあいさつ。ごきげんうかがい。自己確認だ。実際の話、「人生に意味はあるのか？」と、「How are you?」の間に、何の違いがある？　まるっきり同じじゃないか。

愉快に暮らしているのであれ、一時的に気分が沈んでいるのであれ、人生は続いていく。どんなひどい夜の後にも、朝はやってくる。

とすれば、

「How are you?」

に対する答えはただひとつ。

「Fine!」

だ。

「I'm fine, thank you.」

人生は素晴らしい。無意味なればこそ。

ブラボー。


（初出不明、約１１００字）

あとがき

文章を書く仕事は、日常を記録する営為でもある。だから、コラムニストが、自分の書いた原稿を読み直す作業は、彼自身の書き損じや言い過ぎを再確認する過程を、少なからず含んでいる。

とはいえ、本書を編集・制作するにあたって従事することになったそれらの確認作業は、私にとって、思いのほかに心躍る作業でもあった。私が、そんなふうに、自分自身の失敗や試行錯誤をいとおしく感じることができたのは、必ずしも、書き手としての成熟の結果ではない。むしろ、文章の中に文字として定着されている経験や思念が、取り戻すことのできない時間の集積であることを、私自身が、この五年ほどの間に経験した何回かの入院生活の中で思い知らされたからなのだろう。

記憶ほど貴重なものはない。

事物や体験に紐付けられた記憶は、物品そのものや金銭それ自体とは別次元の、かけがえのない価値を持っている。であるから、私は、本書の中に集められたひとつひとつのコラムを宝物だと思っている。そして、本書が、私自身の宝物である事情を超えて、幾人かの読者にとっても、同じように宝物となってくれたらうれしいと思っている。

私は、元来、身辺雑記を得意とするタイプの書き手ではない。それでも、たとえば時事問題を扱っているつもりの原稿の行間に、執筆時の体調や暮らしぶりが明らかに露呈していてハッとさせられることがある。その意味で、本書は、診療記録として読むことも可能なものだ。

もっとも、そんな読み方は、執筆者だけがわかったつもりになっている思い込みに過ぎない。明敏な読者は、何の変哲もないコラムの中から普遍的な真理を読み取る目を、あらかじめの能力として備えている。コラムという文芸の形式としての不滅さは、実にそこのところにある。つまり、ひとむらの箱庭の中に全世界を封じ込めようとする試みがコラムであるとするなら、行間に立ち現れる宇宙を読み取る仕事は、コラムニストの技巧よりも、読者の想像力に、より多く委ねられているということだ。

最後に、本書を一冊の書籍の形にするために、この十五年ほどの間に私が書き散らした未完成分や中途放棄分を含んだ大量のガラクタのすべてに目を通したうえで、モノになりそうな原稿を厳選して並べ替えるシジフォスの苦行のごとき作業に従事してくれたミシマ社の三島邦弘氏と星野友里さんに心からの慰労の言葉を述べておきたい。

彼らのおかげで、インターネット回線上の雲（クラウド）の上で順次雲散霧消しつつあった原稿に光を当てることができた。このことは、まったくの徒労に見えた執筆時の煩悶(はんもん)や自問自答が、ようやくのことで極楽往生の機会を得たということでもある。
南無阿弥陀仏を唱えなければならない。ありがとうありがとう。

小田嶋隆

二〇二〇年一月吉日

小田嶋隆（おだじま・たかし）
一九五六年東京赤羽生まれ。幼稚園中退。早稲田大学卒業。一年足らずの食品メーカー営業マンを経て、テクニカルライターの草分けとなる。国内では稀有となったコラムニストの一人。著書に『小田嶋隆のコラム道』『上を向いてアルコール』（以上、ミシマ社）、『ポエムに万歳！』（新潮文庫）、『地雷を踏む勇気』（技術評論社）、『ザ、コラム』（晶文社）など多数。

小田嶋隆のコラムの切り口

二〇二〇年三月二十日　初版第一刷発行

著者　小田嶋隆

発行者　三島邦弘
発行所　（株）ミシマ社
郵便番号　一五二-〇〇三五
東京都目黒区自由が丘二-六-一三
電話　〇三（三七二四）五六一六
FAX　〇三（三七二四）五六一八
e-mail　hatena@mishimasha.com
URL　http://www.mishimasha.com/
振替　〇〇一六〇-一-三七二九七六

ブックデザイン　尾原史和（BOOTLEG）

印刷・製本　（株）シナノ
組版　（有）エヴリ・シンク

ISBN 978-4-909394-32-3

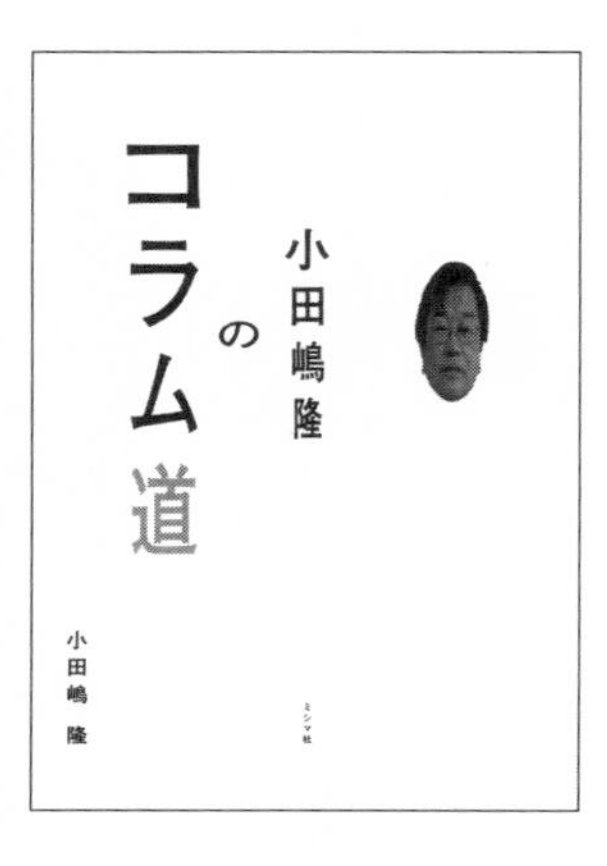

小田嶋隆のコラム道

小田嶋隆

天才コラムニスト、
本業を初めて語る！

書き出し、オチ、文体と主語、裏を見る眼…深遠かつ実用的、爆笑間違いなしの「超絶！文章術」。

ISBN：978-4-903908-35-9
1500円（価格税別）

上を向いてアルコール
「元アル中」コラムニストの告白

小田嶋隆

なぜ、オレだけが
脱け出せたのか？

「50で人格崩壊、60で死ぬ」。医者から宣告を受けて20年…壮絶！なのに抱腹絶倒。何かに依存しているすべての人へ。

ISBN：978-4-909394-03-3
1500円（価格税別）